KB110862

메카의 은하수

메카의 은하수

발행일 2021년 7월 30일

지은이 김호동
펴낸이 고옥귀
펴낸곳 방촌문학사
출판등록 2015. 9. 16(제419-2015-000015호)
주소 강원도 원주시 소초면 교항공산길 21-10
전화번호 033)732-2638
이메일 dhdpsm@hanmail.net

편집 최상만
디자인 (주)북랩
제작처 (주)북랩 www.book.co.kr

ISBN 979-11-89136-14-7 03810 (종이책)
979-11-89136-15-4 05810 (전자책)

잘못된 책은 구입한 곳에서 교환해 드립니다.
이 책은 저작권법에 따라 보호받는 저작물이므로 무단 전재와 복제를 금합니다.

메카의 은하수

MILKY WAY OF MECCA

김호동 소설집

방촌문학사

작 가 의 말

뒤늦은 나이에 소설이라는 세계에 입문했다. 집념에서 집착이 종종 있었지만 쓰겠다는 열정만은 전과 다르지 않았다. 펜을 드는 것은 목마르고 고갈된 내면의 정신세계로 치닫는 유일한 몸짓이자 분출구였다.

단편 「메카의 은하수」는 꼬박 3년을 사우디에서 생활했던 삶에 대한 이야기이다. 그때의 동료들이나 그곳 생활을 되돌아보았다. 풀 한 포기 자라지 않는 거무스름한 산을 바라보며 산 너머에는 또 어떤 모습이 펼쳐질까 궁금해 올라가보았다. 거뭇거뭇한 바위는 밟으면 부서졌고, 산 너머에는 태양 볕에 그을린 검은 산들뿐이었다.

오갈 데 없는 삭막한 건설 현장에서 어떤 고통도 마다하지 않고 견디는 저마다의 현지 생활을 내 입장에서 담아내려 한 것은 어쩌면 어리석은 짓이었는지 모른다. 「메카의 은하수」를 집필하면서 그곳 생활에서 오는 정신적, 육체적 고통을 이겨낸 분들에게 진심으로 존경의 마음을 전한다.

그곳의 햇볕, 모래, 바람, 비, 우박, 땀방울, 습도, 열기, 현지인들의 기도 소리까지 잊을 수 없다. 즐거움을 줄 수 있는 것이라고는 아무것도 없던 삶이 소설로 다시 탄생하게 되었다.

지금 돌아보면 아픔도, 외로움도, 모두가 추억으로 남는다. 무의미한 경험은 없는 것이다.

2021년 6월

김호동

차 / 례

메카의 은하수

누구나 살아온 날들의 기억을 저버릴 수는 없다. 내가 살아온 한순간이 지금의 나를 있게 한 것처럼 그때의 기억을 잊을 수 없다. 나는 독특한 문화를 지닌 나라에 가서 돈을 벌었으며, 특이한 모양의 생식기를 가지고 있었고, 독특한 우리네 식습관 때문에 겪었던 잊을 수 없는 경험을 품고 있다. 그것은 빼놓을 수 없는 내 인생의 기억들이고 죽을 때까지 가져가야 할 나의 업보라 생각한다.

❶

나는 사우디로 출발했다. 비행기가 젯다 공항에 도착했다. 트랩에서 아스팔트 위로 첫발을 내딛는 순간 '헉!' 하고 숨 막히는 현기증이 올라왔다. 아스팔트 위로 안개처럼 아지랑이가 가물거리며 피어올랐다. 처음 밟아보는 열사의 나라에서 습기 가득한 공간에 갇혀버린 듯했다. 공항을 빠져나온 우리는 곧바로 메카로 가는 회사 버스에 올랐다. 모두 하나같이 긴 시간 하늘을 날아와 사우디 생활을 시작했다.

나는 메카로 출발하기 전에 아버지의 소원을 풀어주었다. 어머니가 돌아가셨을 때 좇아가시겠다는 아버지를 살려놓고 이곳 메카에서의 생활을 선택했다. 서울을 떠나기 전 꿈같았던 순간들을 잊을 수가 없다.

아버지가 어머니를 따라 죽겠다고 한 이유는 내가 장가를 못 갔기 때문이었다. 나와 함께 살아줄 여자가 없다는 것을 아버지는 알고 있다. 그것은 순전히 내 생식기 때문이었다. 내 생각대로라면 아버지는 손주를 포기했다기보다는 자식의 생식기를 포기했을 것이다.

내가 스무 살이 넘었을 때 한 여인을 사랑하게 되었다. 그 사랑하는 여인과 사랑을 나누게 되었을 때, 괴물을 달고 다닌다고 여인은 화를 내며 도망간 적이 있었다. 그 이후로 나는 한번도 여자 근처에 가본 적이 없었다.

말이 없고 과묵한 아버지가 곡기를 끊고 죽음을 각오하던 날 나는 순덕이를 만나기로 했다. 피를 토하는 심정으로 고백했다. 내가 장가를 못 가는 이유와 아버지가 죽으려는 이유를 하나도 빼놓지 않고 낱낱이 털어놓았다. 나는 내가 가지고 있는 물건 때문에 결혼할 수 없으며, 내가 만약 결혼한다면 절대로 자식은 낳지 않겠다고 맹세했다. 오직 결혼하겠다는 뜻은 목숨을 끊으려고 하는 아버지를 살려야 한다는 마음뿐이라고, 아버지를 살리려면 아버지가 보는 앞에서 결혼식을 올려야 한다고 애원했다. 순덕이한테 아버지를 살려달라고 애원하며 눈물을 흘렸다.

그때 순덕이가 내 머리를 쓰다듬어주었다. 나는 그날을 잊을 수가 없다. 집으로 돌아온 나는 아버지 귀에다 대고 고막이 찢어져라 소리쳤다.

"아버지! 순덕이와 결혼할 거요. 손주를 낳아드릴게요!"

"순덕이하고요! 순덕이!"

아버지 눈꺼풀이 움직이며 손가락이 신호하듯 오므려졌다. 누워 있는 아버지를 벽에 기대어 앉혀드렸다. 아버지는 긴 숨을 들이마시고 끊어지는 목소리로 친구 이름을 불렀다. 나는 맞다고 대답했다. 순덕이는 아버지의 친구 딸이었다. 아버지는 대가 끊기면 우리 집안이 끊기고 민족이 끊긴다고, 절대로 대가 끊겨서는 안 된다고 고집했었다. 그런 아버지와 살던 어머니는 장가갈 수 없는 병신 자식을 낳았다는 죄책감과 아버지 성화에 화병으로 돌아가셨다.

내가 결혼 이야기를 하자 아버지는 순덕이와 함께 병원에 가보자고 했다. 순덕이가 나와 결혼하겠다는 것은 자식은 절대로 낳지 않는다는 조건이라고 간곡하게 말씀드렸다. 그러나 아버지는 완강했다. 순덕이는 친구의 딸이자 자기 딸이기도 하다며 호통을 쳤다. 나와 순덕이는 어이없이 입을 다물었다.

"너희 약속을 무조건 무시하려는 게 아녀! 너희들이 약속한 대로 혀! 하지만 애비의 소원은 의사한테 한번 가보자는 것이여! 의사가 불가능하다고 하면 너희 약속대로 자식을 낳지 않으면 될 게 아니냐!"

단호한 한마디에 나와 순덕이는 아버지가 하자는 대로 따를 수밖에 없었다. 병원에서 진찰을 끝내고 일주일이 지나서야 아버지는 나와 순덕이를 데리고 진단 결과를 보러 갔다.

아버지는 손주를 볼 수 있다는 의사의 말에 무릎을 꿇고 말했다.

“의사 선생님, 감사합니다. 아들아, 고맙다!”

나와 순덕이도 얼마나 다행한 일인지, 아버지 손을 잡고 같이 울었다. 우리는 즉시 식을 올렸다. 결혼식이 끝나고 신혼여행도 못 가고 순덕이를 데리고 병원으로 갔다. 순덕이는 쾌히 수술에 응해주었다. 순덕이 수술은 이쁜이 수술과는 정 반대인 못난이 수술이었다.

순덕이가 퇴원하자 나는 추진해오던 사우디 현장으로 출발했다. 3년을 계획하고 왔으나 2년도 채우지 못하고 샤워장 사건이 일어났다. 뜨거운 나라 사우디 건설 현장 이야기는 수없이 많지만 내가 겪은 그때의 생활이 아련하게 되살아나는 것은 삶의 아픈 추억 때문이 아닐까.

땀 흘리며 고생하고, 힘들었던 이야기는 누구한테도 모두 꺼내놓을 수 있다. 육신이 고달픈 거라면 나도 참을 수 있다. 그러나 정신적으로 마음이 아픈 것은 이곳 생활과 돈 버는 것과 땀 흘리는 것하고는 전혀 관련이 없다. 어쩔 수 없이 혼자 해결하는 데는 항시 고통이 뒤따랐다.

무엇보다도 가장 큰 고통은 몸을 씻는 일이다. 낮에 흘린 땀을 씻지 않으면 잠도 잘 수 없거니와 옆 사람에게 피해를 주게 된다. 더욱이 발 냄새는 숙소 전체에 고통을 주기 때문에 누구나 낮이고 밤이고 땀을 흘렸다 하면 샤워는 꼭 해야 한다. 나는 동료들과 같이 샤워를 해본 적이 없다. 그렇다고 팬티를 입고 샤워를 한다는 것은 있을 수도 없는 일이다. 더군다나 알몸으로 같이 샤워를 한다는 것은 더더욱 못 할 일이다. 그것은 나만의 비밀이 있기 때문이다. 나는 몸을 씻을 때 항상 긴장해야 했다.

다른 사람들도 저마다 사사로운 문제는 있겠지마는 공동생활을 하는 평범한 일상생활도 내겐 너무나 힘든 생활이었다. 내 기억 속에는 지워지지 않는 심적 고통이 존재한다. 그러면서도 대수롭지 않은 사고에 휘말려 고통받은 적도 있다. 그들이 이해할 수 없다고 고집하는 문화 차이에 나는 굴복하고 말았다. 자존심에 관한 일이다. 나도 모르게 나만의 일인가 하고 자신에게 되물어도 보았다. 전혀 아무렇지도 않은 일이고 자연스러운 우리네 식습관인데 이국인이 보기엔 부도덕하게 보이는 이유는 무엇 때문일까.

❷

제오스키는 메카 현장에서 기계부 감독으로 일하고 있었다. 그의 와이프는 대수롭지 않은 우울증이 있었다. 담당 의사는 집에서 치료하는 것이 잘만 하면 좋아질 수 있다면서 여행이나 휴양을 권하였다. 그리고 환경을 바꿔주는 것이 우울증세에 좋다고 했다. 제오스키는 이곳 메카 현장 담당 의사와 의논한 결과 당분간 이곳에 머무는 것도 좋은 방법이라고 생각했다. 제오스키는 사우디 정부에 의뢰해서 입국 허가를 받았고 방학을 맞은 딸아이와 방학 동안만 메카에 와서 함께 지내는 것으로 결정했다.

처음에는 좋아지는 듯했다. 그러나 마땅히 와이프를 즐겁게 해줄 수 있는 게 별로 없었다. 매일 캠코더를 메고 다니며 현장 일도 하고 촬영도 열심히 했다. 제오스키가 픽업을 세웠다. 키를 꽂아둔 채 세탁물을 들고 나왔다. 왼손엔 캠코더 줄이 감겨 있었다. 뒷모습은 한국 사람처럼 보이지만 그의 어머니는 러시아인이고 아버지는 독일인이다. 키는 작고 통통해 보이고 탱글탱글한 얼굴이 겉보기에도 당차고 아주 건강해 보였다. 제오스키는 이 현장의 모든 배관을 감독, 지시하고 있다. 반바지 차림에 티셔츠를 입었고, 등판은 구멍이 숭숭 뚫려 너덜거렸다.

캠코더를 오른쪽 어깨에 둘러메고 세탁소로 향했다. 세탁소 주인과 언성이 높아졌다. 세탁소 주인은 한국 사람이다. 얼핏 보면 둘은 수화하는 것처럼 보인다. 하지만 둘은 신경질적으로 싸움을 하는 중이다. 오늘은 구멍 난 팬티를 들고 와서 천을 안팎으로 대고 막아달라고 졸랐다. 둘은 손짓, 발짓이 더욱 빨라졌다. 세탁소 주인은 화를 참느라 얼굴이 빨개지며 일그러졌다. 냄새 나는 팬티까지 재봉틀로 수선해달라는 놈은 처음 봤기 때문이다. 명색이 감독이고 돈도 많이 벌 텐데, 사 입든가 자신이 꿰매 입어야 할 일이라고 했지만 도대체가 이해하려 들지 않았다. 세탁소에 오기 전 빨래를 깨끗이 해온 거라고 당당하게 말한다. 세탁소 주인은 지독한 독일 놈이라고 혀를 차면서 재봉틀을 밟기 시작했다. 재봉틀에서 빠져나온 팬티를 못마땅한 눈빛으로 그의 발 앞으로 던져주었다. 얼른 집어든 그는 2리얄(사우디 돈)을 재봉틀 앞에 디밀었다. 세탁소 주인은 재수없는 놈, 어서 꺼져버리라고 입속으로 중얼대며 거스름돈을 그의 발밑으로 던져버렸다. 그는 기다렸다는 듯이 빙긋이 웃으며 돈을 집어넣고 세탁소를 나갔다.

빠른 걸음으로 세탁소 건물을 돌아서며 샤워장 쪽을 보았다. 순간 한국 사람이 개를 데리고 샤워장 안으로 들어가는 것이 보였다. 그는 개 목욕시키는 모습을 캠코더에 담아 시라에게 보여줄 좋은 촬영 거리가 생겼다며 좋아했다. 안에서 개 짖는 소리가 들렸다. 그는 샤워장 창틀에 찰싹 붙어 숨을 죽여가며 캠코더를 넣을 만큼 창문을 열었다. 능숙한 솜씨로 캠코더를 조작해놓고 창문을 닫아 고정했다. 뒤도 보지 않고 창문에서 떨어져 부지런히 픽업 쪽으로 걸어갔다. 픽업에 오르자 즉시 사라졌다.

그는 얼마 동안 시간이 흐른 뒤 다시 샤워장으로 왔다. 캠코더는 그대로 있었다. 샤워실 안은 조용했다. 캠코더를 꺼내어 어깨에 메고 유리 창문을 닫았다. 오전 일과를 시작한 지 한참 지났으므로 이 시간은 모두가 일하고 있을 시간이다. 밤 근무를 한 사람들은 오전에 잠을 자기도 한다. 주위를 돌아봐도 아무도 보이지 않았다. 그는 매우 만족스러운 듯 만면에 미소를 지었다. 독일인 감독 일곱 명 중에서 제오스키만이 와이프와 딸이 함께 살고 있다. 현장에서 들은 이야기로는 와이프 이름은 시라이고 그녀는 키가 제오스키보다 크고 머리는 금발에 눈은 푸른색이라고 했다. 그의 딸은 대학생인데 방학이 되어 함께 와 있다고 했다. 방학은 두 달이 끝날 때쯤 모녀가 독일로 함께 돌아갈 예정이라고 했다.

제오스키는 퇴근하면 가족과 함께 식사 준비도 하고, 음악도 들려주고 영화도 함께 즐겨 본다. 제오스키는 시라가 흥미 있어 하는 것들을 매일 캠코더에 담아 오는 일이 일과처럼 되었다. 그녀는 또 여러 나라의 다양한 풍경이나 풍습에 관심이 많고 그것과 관련된 동영상을 즐겨 본다. 제오스키는 열대지방의 생소한 볼거리를 담아 시라에게 보여주는 것도 빼놓지 않는다. 기어다니는 도마뱀, 고슴도치, 전갈, 쥐, 개미, 보이는 대로 찍어다 보여준다. 홍해 바닷속의 아름다운 풍경도 빼놓을 수 없다. 형형색색의 열대어들은 다양한 생김새와 희귀한 종류가 수없이 많다. 산호, 미역, 또는 알 수 없는 풀과 고기들을 찍어다가 보여주기도 한다. 제오스키는 요즘 현장 일이 바빴다. 담아 올 짬을 내지 못해서인지 시라의 우울증이 재발된 것 같다고 했다.

오늘 담아 온 영상은 한국인이 개를 데리고 샤워장으로 들어가는 것을 보고, 개를 목욕시키러 가는 거로 생각하고 촬영을 했다. 그런데, 캠코더에는 애완견을 목욕시키는 것이 아니라 개를 도살하는 장면이 찍혀 있었다. 집에서 이 영상을 보고 난 시라는 매우 흥미 있어 하며 표정이 밝아졌다. 재미있어하면서도 한편으로는 도저히 있을 수 없는 일이라며 개를 잡아먹은 한국인을 저주했다. 도살자를 직접 만나게 해달라고 제오스키를 졸랐다. 제오스키는 그러겠다고 시라와 약속을 했다. 한국인은 기계부 소속이고 제오스키가 알고 있는 배관공 미스터 킴이다. 어떻게 하면 미스터 킴을 집으로 데리고 올 수 있을까 여러 방향으로 궁리를 하기 시작했다. 막연하게 시라의 우울증을 이야기하며 초대할 수는 없는 일이고 더욱이 도살자 본인에게 대놓고 도살 현장을 캠코더에 담아 왔다고 말할 수는 없는 일이다. 미스터 킴이 제 발로 찾아와주는 상황을 계획했다. 먼저 제오스키는 미스터 킴의 직속상관인 박 과장을 압박하기 시작했다.

제오스키가 사무실로 출근하고 있다. 왼손에 들고 있는 샌드위치를 먹으며 걸어가고 있다. 반바지 속에 들어 있는 사과 한 개가 허벅지 위로 튀어나올 듯이 일렁거렸다. 오른손에 든 신문에서 눈을 떼지 않았다. 그는 출근길에 아침을 먹는 습관이 있다. 식사를 끝내고 사과 한 개를 다 먹을 때쯤 사무실 문 앞에 도착했다. 마지막 사과 한 입을 씹으며 티 보이 앞에 커피잔을 내려놨다. 파키스탄에서 온 티 보이는 커피를 따라주고 크림과 설탕을 물었다.

"크림 없이 슈가만 두 개!"

제오스키 말이 끝나자 티 보이는 놀란 듯이 커다란 눈알을 굴려 가며 "오-워-워" 하며 엄살을 떨었다. 각설탕 두 개를 집게로 집어 제오스키 눈을 살피며 커피잔에 떨궜다. 티 보이는 감독들의 아침 컨디션을 설탕으로 짐작한다. 기분이 저조할 때는 두 개 이상도 원했고 평범한 컨디션이면 대부분 블랙으로 마셨다. 누구는 한 개를 넣었고 어떤 이는 한 개를 이등분해서 넣었다. 짓궂은 이도 있었는데 한 개를 사등분해서 넣었다. 아마도 그들은 기분에 따라 설탕을 넣어 먹은 것 같았다. 제오스키가 빈 잔을 가져오자 티 보이가 "옛 설!" 하며 받았다.

제오스키는 화난 듯이 돌아서더니 밖으로 나가 픽업에 올랐다. 그가 도착한 현장에 박 과장이 먼저 와 있었다. 제오스키는 출발 전에 박 과장과 약속을 하고 온 것이다. 박 과장은 반갑게 인사를 했다. 제오스키는 인사를 받지 않았다. 갑자기 양손을

휘저으며 코리안은 야만인이라고 소리치고 있었다. 박 과장이 황당해하며,

"유 크레이지? 유 크레이지? 헤이! 크레이지?"

만을 반복했다. 제오스키는 화를 내고 있다기보다는 흥분하고 있었다. 돌을 걷어차고 주먹으로 손바닥을 치면서 이를 갈고 있었다. 박 과장은 흥분하지 말고 차분히 말해달라고 했다. 성질을 이기지 못한 그는 독일 말로 소리질렀다. 박 과장도 화가 나서 우리말로 소리쳤다.

"너 미쳤니! 왜 한국 사람을 욕해?"

말이 끝나자 제오스키는 개 짖는 소리를 내며 단숨에 죽이는 흉내를 냈다. 그리고, 제오스키는 만약에 이 사건이 감독들 귀에 들어가면 당장 말썽이 생길 거라고 했다. 그러면 감독들은 사우디 본청에 보고할 거고 그렇게 되면 이곳 공사도 정지될 수 있다고 소리쳤다. 박 과장은 그 장면을 직접 봤느냐? 그 한국인을 아느냐고 소리쳤다. 제오스키는 배관공 이름을 정확히 말했고 그를 향해 욕을 하고 있었다. 박 과장은 다른 감독들한테는 비밀로 해달라고 부탁했지만 믿을 수는 없는 일이다.

현장에서 사고가 났다고 박 과장은 연락을 받았다. 건축부와 토목부도 관련이 있었다. 그중에서도 문제가 심각한 부서는 기

계부다. 식당으로 들어가야 할 물파이프가 묻혀 있지 않다는 것이다. 문제를 찾아낸 것은 독일인 총감독 모칼이었다. 그는 성격이 깐깐하다 못해 난폭한 편이다. 키는 크고 얼굴은 붉으며 깡마른 체격이다.

❹

모칼은 한 마디로 식당으로 들어오는 물파이프가 없으면 어떻게 밥을 지을 수 있느냐는 호통이다. 건축에서는 이미 바닥에 시멘트를 바른 상태다. 굳어진 시멘트 밑으로 파이프가 깔려 있어야 했다. 기계부에서 몰랐다는 것은 얼마나 멍청한 사건이냐고 모칼은 비웃고 있었다.

토목에서는 파이프라인이 들어오는 바닥을 파놓지도 않았다. 토목, 건축, 기계 세 부서가 모칼한테 곤욕을 치러야 했다. 모두 도면에 매달리고 있었다. 화가 난 모칼이 지휘봉으로 제오스키 가슴을 찔렀다. 불똥은 점점 기계부로 번지면서 신 부장을 몰아붙였다. 지휘봉이 신 부장 가슴과 배를 찔렀다. 모칼은 신 부장보다 나이가 한참 어리다. 잘못된 현실 앞에서는 어쩔 수가 없다. 중요한 핵심은 도면에 없는 작업은 누구도 할 수 없다는 것이다. 현장에서는 도면이 곧 법이다. 도면이 오면 부서마다 필요한 도면을 복사한다. 각 부 도면 또한 독일에서 디자인한 것이다. 독일에서 오리지널 도면이 오면 현장에서나 감독 사무실까지 모두가 도면대로 움직인다. 제오스키가 오리지널 도면을 펼쳐 보였다. 모두가 확인했지만 워터라인 표시는 그곳에도 없었다. 현장의 모든 원자재는 독일에서 오고 있다. 제오스키는 드로잉 회사로 확인해야 할 일이라고 결론지었다. 당장 해결될 문제는 아니라며 분위기를 해산시켰다.

"도면이 잘못된 걸 누굴 탓하고 지랄이야 개자식들!"

"옳은 말씀입니다. 부장님!"

박 과장은 직속상관인 신 부장을 두둔하고 나섰다. 이 사건은 감독관들의 다음 지시를 기다릴 수밖에 없는 일이다. 박 과장은 제오스키가 모칼한테 당한 것은 이해하지만 신 부장이 당한 것은 이해할 수 없다는 표정이었다. 신 부장 대신 자기가 당했어야 한다고 생각하는 것 같았다.

박 과장은 퇴근 무렵이 되어서야 샤워장 사건을 말했다. 박 과장은 보고할까 망설였지만 처음 이곳에 왔을 때 신 부장으로부터 모기 한 마리 날아가는 것까지도 보고하라는 말을 들었다. 박 과장은 신 부장 앞으로 다가서서 샤워장 사건을 낱낱이 보고했다.

그날 저녁 나는 신 부장으로부터 사무실로 오라는 전갈을 받았다. 누구에게나 퇴근 후에 부르는 것부터가 기분 좋은 일은 아니다.

"이 사람아, 난리 났네!"

인자한 신 부장이 얼굴을 찡그리며 나를 바라봤다. 순간 신 부장의 이마의 내천 자가 검은 양 눈썹 사이로 벌레처럼 흉물스럽게 보였다. 부장은 두 손으로 마른세수를 하고는 팔짱을 꼈다. 그리고 눈을 감았다. 나는 불안했다.

"부장님! 부르셨어요?"

부장이 몸을 돌려 나를 바라봤다.

"자네, 개 잡아먹었나?"

"아! 예, 네!"

어눌하게 말이 튀어나왔다.

"개 잡아 먹었냐구?"

"예, 말복이고 해서요!"

"말복! 말복이 뭔데?"

부장의 소리가 귓속으로 파고들어 고막을 찔렀다. 부장은 "음-끙-끙" 야릇한 소리를 냈다. 신 부장은 또 침묵했다. 팔짱을 고쳐 끼고는 도로 눈을 감았다. 방 안은 침묵이 가득했다. 흐릿한 불빛 속으로 깨알 같은 이명 소리가 날아다녔다. 나는 다리가 저리더니 쥐가 나기 시작했다. 그가 모르게 손가락으로 침을 찍어 코에 발랐다. 밖에서 실외기 돌아가는 소리가 멀리서 들려오는 기차 소리 같았다. 밤은 자꾸 깊어가고 나는 기다리다 못해 입을 열었다.

"부장님! 그것이 잘못됐나요?"

부장은 내 말을 가로챘다.

"자네, 지금 여기가 어딘지 아나?"

나는 입속으로 사우디라고 되뇌며 대답은 하지 않았다. 그의 눈을 주시했다. 피차 서로 알고 있기 때문이다. 부장의 일그러진 표정이 어둡게 보였다. 그는 체념이라도 한 듯 나를 쳐다보며 충고했다. 이슬람교를 믿는 사람들은 식성이 까다롭다고 했다. 부장이 하는 말에 나는 침묵했다. 나도 잘은 모르지만, 그들은 돼지고기, 개고기, 그리고 물고기 중에서도 비늘이 없는 문어, 오징어, 조개류 등은 먹지 않는다고 들은 적이 있었다.

"개 잡을 때 감독이 봤나?"

"아니요! 본 사람은 없습니다."

"혼자서 했나?"

"네, 혼자서요."

"감독이 봤다던데!"

"그럴 리가 없습니다."

"알았네."

"감독이 누구지요?"

다급히 물었지만, 박 과장한테 들었다며 내일 말이 있을 거니 나가보라고 했다.

바쁘게 일하고 있는 현장으로 기계부 관리보가 나를 데리러 왔다. 무슨 일이냐고 물었으나 과장님 지시라고만 했다. 사무실에 들어가자 박 과장은 전화를 받고 있었다. 나와 눈이 마주

쳤다. 서둘러 전화를 끊으며 의자를 가리켰다. 나는 구부려 인사를 하고 앉았다. 나는 기계부 소속이다. 보직은 배관공이고 한국에서 이 회사에 입사할 때 여러 사람을 물리치고 결정적으로 합격한 것은 영어 회화가 능통했던 덕분이다. 박 과장은 나의 직속상관이고 우리는 한번도 부딪친 적이 없었다.

"자네, 개를 잡은 게 사실인가?"

"예, 사실입니다."

"사실이라니? 개는 어디서 난 거야!"

과장은 소리치며 들고 있던 서류를 책상 위에 팽개쳤다.

"양고기, 소고기가 지천인데 고기에 환장했냐구?"

나는 고개를 떨구었다. 할 말이 없었다. 하지만 개의 출처를 이야기하라는데 침묵만 할 수는 없었다. 자초지종을 이야기했다. 들개가 식당 앞까지 새끼를 데리고 왔다가 떼 놓고 간 놈을 길러서 잡은 거라며 뒤끝을 흐렸다. 말끝이 흐려지자 과장은 여기가 한국이냐고 소리쳤다.

제오스키가 봤다는데 사실이냐 물었다. 나는 그럴 리가 없다고 말했지만, 과장은 믿으려 하지 않았다. 만약 이 사실이 모칼 귀에 들어가면 사우디 원청에 보고할 것이고, 원청에서 여기 공사를 중단하는 데 충분한 이유가 된다고 제오스키가 난리를 쳤다는 것이다. 박 과장이 나가라고 소리를 쳤다. 나는 정신이 멍한 채로 사무실을 나왔다. 이해할 수가 없었다. 개 한 마리 때문에 이 큰 공사가 중단이 된다는 것은 제오스키의 농간으로 들렸다.

나는 곧장 샤워장으로 향했다. 어느 틈으로 봤는지 뚫린 구멍이라도 확인해야 했다. 분명히 샤워장 출입문을 앞뒤로 확인하면서 잠그고 했었다. 양쪽 벽면으로 샤워 꼭지가 열 개씩 박혀 있다. 벽면에는 두 쪽짜리 유리창이 양쪽으로 세 개씩 창문이 나 있고 모두 닫혀 있다. 창문을 열어보니 문을 잠그는 장식이 처음부터 없었다. 혹여 안에서 나는 개 소리를 듣고 밖에서 열어본 것이 아닐까. 바람 소리에 유리창이 흔들렸다.

그때의 순간이 파노라마처럼 지나갔다. 나는 여기서 개를 죽였다. 박 과장 말이 사실이라도 제오스키의 말은 근거가 없다. 창문을 열고 개를 잡는 모습을 볼 수는 없었다. 나는 안도의 숨을 들이마셨다. 비릿한 개고기 냄새가 코끝을 스쳤다. 내무반 동료들이 들개 새끼를 기르던 때가 떠올랐다.

강아지는 이름이 하나둘이 아니다. 집에서 개를 키우는 사람들은 저마다 자기 집 개 이름으로 불렀다. 밤이면 서로 자기 이불 속에서 재우겠다며 다투었다. 그렇게 자란 들개가 크자 내무반 전원이 이구동성으로 날짜를 잡아서 된장을 바르자고 합의했다. 물론 안 먹는 사람도 있었지만, 말복 날을 기다리며 즐거워했다.

숙소 동료들이 즐거이 먹는 모습이 떠올랐다. 갓 익은 열대지방의 대추 막걸리를 주고받으며 한국의 그리움을 달랬던 그때가 생생하게 환영으로 다가왔다. 서로가 속마음을 털어놨고 위로하며 보냈던 말복 때가 새삼 그리웠다. 보신탕을 먹으며 한국에 살던 이야기를 쏟아냈다. 가슴에 뭉쳐 있는 사연을 말하려고 복날을 기다렸는지도 모른다.

하루의 시작부터 끝까지 제오스키의 생각에서 벗어날 수 없었다. 온통 샤워장 사건으로 씨름하며 잠들곤 했다. 나는 자꾸만 꿈속에서 헛것들이 보였다. 사우디 원청에 보고되면 공사가 중단될 수도 있다는 박 과장 말이 늘 머릿속에 걸려 있었다. 밤이 오면 고통 속에 잠을 잘 수가 없었다. 오늘 낮에 제오스키가 캠코더를 메고 지나가는 것을 봤다. 혹시 저놈이 캠코더에 복날 일을 담아 간 것은 아닐까 하는 추측이 머릿속에서 번쩍 들었다.

잠자리에 들어서도 눈에 가물거리는 감독들의 모습이 악마처럼 느껴졌다. 그들이 샤워장 사건을 부풀리고 헐뜯으며 내 목을 조르고 몸에다 돌을 매달아 깊은 바닷속으로 던져버리는 것 같았다. 수군거리는 소리가 나를 압박해왔다.

드디어 제오스키의 보고를 받은 모칼이 당장 캠코더를 가져오라고 소리쳤다. 순식간에 감독들의 비상 회의가 소집되었다. 회의실 전등이 꺼졌다. 제오스키가 캠코더를 작동시켰다. 무거운 침묵이 내려앉으며 주위를 흔드는 들개의 야성 소리가 샤워장을 진동시켰다. 컹컹, 깽깽거리며 파이프에 매달린 개 한 마리가 벽을 걷어차며 좌우로 발버둥을 쳤다. 도끼가 번쩍하고 빛을 냈다. "캑" 외마디 소리와 함께 들개는 머리를 떨구었다. 화면 속에서 내가 개의 머리를 한 번 더 찍어내렸다. 매달린 개는 늘어져 앞발을 모으고 있었다. 어둠 속에서 감독들은 "우-워" 비아냥거리는 소리를 쏟아냈다. 그들은 각기 다른 감정으로 웅성거리기 시작했다. 조용히 하라고 모칼이 소리쳤다.

캠코더는 계속 돌아가고 그들은 다시 머리를 조아렸다. 어둠 속에서 감독들의 눈들이 빛났다. 숨소리를 죽여가며 빠르게 움직이는 내 손을 하나도 놓치지 않고 세밀하게 관찰하고 있었다. 나는 토치에 불을 붙여 부숭한 털을 머리부터 그슬렸다. 털이 타버린 몸체는 검은 피부로 변해 있었다. 개 목 사리를 풀어 바닥에 내려놓았다. 예리한 칼끝으로 배를 갈랐다. 내장이 온통 바닥으로 쏟아졌다. 머리를 도마 위에 올려놓고 목을 도끼로 내리쳤다. 들개의 머리가 발밑에 굴렀다. 도끼와 칼로 뼈와 살을 쉴 새 없이 발라냈다. 필요한 것들만 골라서 빠른 동작으로 조각난 살점들을 통에 집어넣었다.

영상이 끝나고 화면에는 아무것도 보이지 않았다. 제오스키가 필름을 감았다. 어둠 속은 한숨과 괴성으로 출렁거렸다. 모칼이 불을 켜자 모두 어이없다는 표정들이었다. 모칼은 있을 수 없는 일이라며 들개의 죽음을 리포트해서 제출하라고 지시했다. 그냥 보고만 있을 사건이 아니라면서 흥분하고 있었다. 캠코더를 어깨에 메고 집으로 가는 제오스키의 모습은 긴급회의가 끝났다는 것을 말해주고 있었다. 그들의 회의는 거짓이다. 나는 사실이 아니라고 부정하며 가위에 눌려 잠에서 깨었다.

❼

이튿날 박 과장 호출로 사무실에 갔을 때 박 과장이 신 부장 앞에서 곤욕을 치르고 있었다. 부장 말은 억측으로만 들렸다. 신 부장은 막말도 서슴지 않았다. 신 부장 말은 박 과장이 감독 관리도 못 하고 기능공 관리도 못 하니 갈 곳은 한 곳밖에 없다고 모욕적인 말을 하고 있었다. 한 곳이란 곧 귀국을 뜻하기 때문이다. 이곳에 필요하지 않은 존재라는 뜻이다. 돈을 벌기 위해 여기에 얼마나 힘들게 왔는데 돈을 포기하라는 말과 같았기 때문이다. 감독 관리는 드로잉 문제다. 도면 원본에 식당으로 들어오는 물파이프가 빠져 있으니 누구의 잘못인가. 해명은 우리가 아니라 총감독인 모칼이 해결할 일이다. 그가 입을 다물고 있는 한 누구도 해결할 수 없다.

토목, 건축, 기계 세 부서가 미결 상태로 남아 있는 건 신 부장도 알고 있는 일이다. 기능공 관리란 샤워장 사건을 말한다. 제오스키한테 국한된 일이면서도 박 과장 혼자 처리해야 할 일처럼 부장은 과장한테 떠넘기고 있었다. 차라리 부장 선에서 감독과 상의해서 해결할 수도 있는 문제다. 사고 낸 기능공이

기계부 소속이기 때문이다. 두 가지 사건이 제오스키한테 걸려 있으니 과장을 너무 나무랄 일도 아니다. 내가 저지른 샤워장 사건은 전혀 해결될 기미가 보이지 않았다. 잊을 만하면 신 부장은 이것저것 들고 나와 박 과장을 궁지로 몰아가다가 갈 곳을 말한다. 갈 곳은 한국으로 돌아가는 것을 의미한다. 과장은 그 소리를 들을 적마다 치욕적인 감정을 참느라 얼굴을 찌푸렸다.

신 부장이 나가고 뒤늦게 나를 본 박 과장이 소리쳤다.

"엎드려 새끼야!"

내가 엎드리자 사정없이 내리치기 시작했다. 나는 견디지 못하고 까무러치고 말았다. 각목이 부러지고 나서야 매질이 끝났다. 내가 깨어났을 때 관리보가 다가왔다. 나를 부축해 의자에 앉혔으나 앉을 수가 없었다. 아랫도리가 빠져나가는 것처럼 아팠다. 관리보는 박 과장을 나무라고 있었지만 하나도 귀에 들어오지 않았다. 몸을 추슬러 엉거주춤한 걸음걸이로 밖으로 나왔다.

모래 언덕으로 기어올랐다. 옆구리 터진 벌레처럼 엉금엉금 기어가 모래 위에 누웠다. 모래는 만신창이가 된 몸을 따듯하고 포근하게 감싸주었다. 몸은 땅속으로 가라앉고 마음은 하늘을 응시했다. 이 나이 먹도록 이토록 맞아본 적은 없었다. 발악 한번 하지 못하고 바보처럼 맞고만 있었다. 한번 잘못한 행동으로 인생이 구겨진 느낌이었다. 나는 슬펐다. 허리와 엉덩이는 손댈 수 없이 아팠다.

순덕이가 보고 싶었다. 순덕이가 보내준 편지를 꺼내 읽었다. 고향이 그리울 때마다 순덕이가 보고 싶을 때마다 읽고 또 읽으며 주머니에 넣고 다니던 편지다.

흥길 씨!

한국은 지금 겨울입니다. 산과 도시는 온통 눈 속에 파묻혀 있습니다.

그곳에도 눈이 오는지요?

순덕이는 지금 긴 겨울밤을 한숨도 잠들지 못하고 콩닥거리는 가슴을 억제하며 당신을 그리워하고 있습니다. 제가 이 세상에 태어나 이렇게 감명스럽고 고마울 수가 없습니다.

친정어머니와 제가 지금까지 시달려온 이유는 아버지의 빚 때문이었습니다. 아버지는 우리 집 빚은 고사하고, 저의 외갓집에도 빚을 지게 해놓고 돌아가셨습니다. 오늘 아버님께서 저의 외갓집 빚을 먼저 갚아야 한다고 돈을 끌어다 빚잔치를 하셨습니다. 저의 외갓집에서도 많이 양보하고 빚을 모두 반값에 청산하셨습니다. 며칠을 두고 아버님은 얼마간은 서로 양보하고 해결했습니다. 하지만 우리 집 아버지 형제들 간의 빚이 문제였습니다. 큰아버지와 작은아버지가 어째서 며느리네 외갓집 빚을 갚아주고 진짜 형제들의 빚은 안 갚아주느냐고 말도 안 되는 싸움을 한답니다. 아버님은 재산도 많지 않고 가진 돈도 없다며 사정을 하던 중 막내 작은아버지가 제일 어렵다며 선처해달라고 통사정을 했습니다. 아버님은 또 무슨 생각에선지 흥길이가 사우디서 돈 벌어오면 그때 보자고 하셨습니다. 그 말을 들은 저는 아버님을 어떻게 대해야 할지 민망하고 고마울 따름입니다. 고생하시는 흥길 씨한테 너무나 미안하고 죄인이 된 것 같은 기분입니다.

흥길 씨! 용서하십시오. 죄송합니다. 부디 우리 집 기둥이오니 건강하셔야 합니다. 어디가 아프셔도 말 안 하는 건 아니지요? 집에서 걱정할까 봐 말씀이 없는 건 아닌지요? 죄송할 뿐입니다. 그리고 오랜만에 병원엘 다녀왔습니다. 아무 이상 없고 몸을 잘 다스리면 임신

하는 데도 이상 없답니다. 아버님은 손주가 어서 나왔으면 하고 바라십니다.

흥길 씨! 열사의 나라에서 더위에 아무쪼록 몸 건강하시길 빕니다.

순덕 올림

나는 순덕이 편지를 읽다가 그만 잠이 들어버렸다. 내가 눈을 떴을 때는 모래 위에서 깊은 잠을 자고 난 후였다. 머리 위에 수없이 많은 별이 반짝이고 있었다. 수많은 별이 은하수가 되어 어디론가 흘러가고 있었다. 아버지가 보였다. 나는 벌떡 일어나 인사드리며 무릎을 꿇었다.

"아버지! 잘못했습니다. 이 못난 놈이 어처구니없는 사고를 냈습니다. 앞으로는 절대로 분수를 알고 행동하겠습니다. 용서해주십시오. 이제부터 정신 차려 몸단속 잘하고 제가 저지른 일들은 제가 해결하겠습니다. 건강하세요. 아버지!"

아버지는 은하수를 타고 웃고 계셨다.

❽

제오스키를 만나야겠다고 결심했다. 나는 감독 사무실로 향했다. 노크 소리를 듣고 안에서 들어오라고 했다. 제오스키는 반가이 맞아주었다. 나는 정중히 인사를 하고 샤워장 사건을 말하러 왔으니 묻는 말에 예스와 노로 대답해달라고 했다. 제오스키는 알았다며 고개를 끄덕였다. 나는 메모해 온 종이를 펼쳐놓았다.

"샤워장 사건 다음 날 박 과장과 대화했소?"

"예-스!"

"감독이 알면 사우디 본청에 보고될 거라고 했소?"

"예-스!"

"본청에서 알게 되면 현장 공사가 중단될 수 있다고 했소?"

"예-스!"

"왜 그런 이야기를 박 과장한테 말했소. 어떤 근거로?"

제오스키는 사우디에서 오랫동안 공사해본 경험에서 알라신을 믿는 무슬림들은 중단하고도 남을 사건이라고 했다.

"캠코더에 샤워장 사건을 담았소?"

"예-스!"

"지금도 샤워장 사건 필름을 갖고 있소?"

"예-스."

"모칼이 샤워장 사건으로 긴급회의를 하고 들개의 죽음에 대하여 리포트를 작성하라 했다는데 감독들의 리포트는 누가 가지고 있소?"

"노, 노, 천만에!"

제오스키는 눈을 동그랗게 뜨고 그런 사실은 모른다고 했다. 샤워장 사건으로 회의를 한 적도 없고 모칼이 리포트 작성을 하라고 한 적도 없었다며 그것은 오직 당신의 생각일 뿐이라고 단호하게 고개를 저었다.

"만약 지금도 그 사건이 사우디 본청에 보고되면 공사가 정지될 거로 생각하시오?"

"예-스, 메이비."

제오스키 대답은 당당했다. 나는 의자에서 내려 땅바닥에 앉아 무릎을 꿇고 용서를 빌었다. 두 번 다시 개 잡는 일은 안 하겠다고 손바닥을 비벼가며 싹싹 빌었다. 제오스키는 늑대처럼 음흉한 미소를 지으며 창문 쪽으로 얼굴을 돌렸다. 옆으로 보이는 능글맞은 얼굴이 나를 조롱하고 있었다. 내가 우습게 보였나 보다. 치사하고 더러운 생각이 올라왔다. 의자로 놈의 머리통을 날리고 싶었지만, 더욱 머리를 숙였다.

❾

제오스키가 얼굴을 돌렸다. 소리 없는 그의 미소가 징그러웠다. 그는 웃으며 맘마미아를 연발했다. 나는 다시 제발 없었던 일로 해달라고 애원했다. 그가 입을 열었다. 그리고 물었다.

"그렇게 해주면 내게 무엇을 해줄 거요?"

"내가 할 수 있는 범위에서 원하는 것을 들어주겠소?"

"정말이요!"

제오스키가 반갑게 웃었다.

"예-스!"

하고는 그의 눈을 뚫어지게 쏘아보았다.

"오-케이!"

그가 승낙했다. 나는 고맙다고 인사를 했다. 그의 두 손을 잡고 흔들었다. 뒷주머니에서 지갑을 꺼내 200리얄을 그에게 주었다. 그는 돈을 반으로 접어서 왼쪽 셔츠 주머니에 넣었다. 그가 손깍지를 끼고 머리 뒤로 가져갔다. 자기를 위해 미스터 킴이 할 일이 있다며 자기 집에서 저녁식사에 초대할 테니 와달라는 것이다. 나는 기꺼이 가겠다고 했다. 특별한 날이냐고 물었으나 아무 날도 아니고 가족과 함께 식사하고 싶다고 했다. 나는 당신과 함께라면 몰라도 가족과는 이해가 안 간다고 했다. 침묵이 흘렀다.

나는 유명 스타도 아니고 예술가는 더욱 아니라고 웃었다. 내가 웃자 그도 웃으며 사실은 딸아이가 한국인은 왜 개고기를 먹는가를 직접 물어보고 싶다는 것이었다. 한국인의 현장에 있으면서도 한국 사람을 앞에 놓고 직접 물어본 적이 없다고 했다. 그는 또 개고기를 먹게 된 동기를 자세히 설명할 수 있도록 공부해 오라며 능글맞게 웃었다. 식사 후 캠코더를 돌려 보고 필름을 통째로 가져가면 당신이 원하는 대로 아무도 모를 것이고 감독들이나 사우디 원청에도 보고되지 않을 거라며 어깨를 툭 건드렸다. 초대하는 날 작은 선물을 가져가고 싶은데 무엇이 좋으냐고 물었다. 그는 원치 않는다고 하다가 자기 와이프 시라가 람부탄을 좋아한다고 했다. 나는 람부탄을 사 가겠다고 했다. 제오스키는 약속을 해줘서 고맙다며 100리얄을 빼서 내게 주었다. 나는 제오스키 사무실을 나오는 순간 날아갈 듯이 기뻤다.

⑩

다음 달이면 이곳 생활 2년이 끝나는 달이다. 연장 관련 이야기가 벌써 돌았지만 내게는 아직 이렇다 할 소식이 없다. 연장하고 싶은 것은 내 욕심이고 지금 당장 귀국시키지 않는 것만으로도 다행이고 감사할 뿐이다. 샤워장 사건으로 근무 평점은 최악일 것이다.

집에서 편지가 왔다. 떠나올 때는 3년을 약속했지만, 아버지는 자식이 보고 싶다며 2년만 하고 돌아오라고 순덕이한테 매일 편지를 쓰라 하신다고 쓰여 있었다. 사고를 낸 이곳 현실을 알기라도 하듯 걱정이 되셨나 보다. 나도 아버지가 보고 싶다. 집 형편으로는 1년은 더 벌어야 한다. 연장하는 문제는 샤워장 사건에 달려 있다는 생각이 들었다.

제오스키를 만나본 결과로는 사건을 크게 확대할 의도는 보이지 않았다. 도저히 이해할 수 없는 것은 무엇 때문에 박 과장한테 공사 현장이 정지될지도 모른다는 그토록 험한 말을 했는지 알 수가 없다. 개 도살자인 나는 고민하고 신경 쓰랴, 과민 반응으로 말도 안 되는 망상에 시달리고 있었는데 말이다. 박 과장 심정은 나보다 더했을 것이다. 얼마나 불안하고 화가 났으면 나를 그토록 매질했을까. 그 심정 이해하고도 남았다. 제오스키가 집에 와서 샤워장 사건이 담긴 캠코더 필름을 가져가라 했으니 한시름 놓을 수는 있으나 가볍게 생각할 일은 아니었다. 비상한 머리를 가진 독일 감독관의 속마음을 내가 감히 어찌 알 수 있단 말인가. 기발하고 투철한 제오스키 머리가 무슨 일을 벌일지 나는 또 다른 고민에 빠졌다.

⑪

제오스키가 나를 집으로 초대했다. 황홀한 순간이다. 나는 무척 흥분하고 있었다. 타국에서 외국인 집 방문이라니 믿기지 않는 현실이다. 나는 샤워를 마치고 해가 넘어가지 않은 서쪽을 바라보며 람부탄 자루를 픽업에 실었다. 독일 사람들의 가정 분위기를 보고 싶었다. 제오스키의 아내와 딸은 어떻게 생겼을까. 부부간 침실도 상상해봤다. 남자들만 살아가는 이곳에 여자가 있다니 꿈같은 현실이 다가오고 있었다. 주차된 차들 옆으로 픽업을 주차했다. 또 다른 나라에 들어온 기분이었다. 여기에 이런 집들이 있다니 작은 도시를 보는 듯했다. 람부탄 자루를 들고 제오스키 집 근처로 들어섰다. 집집마다 옥상에는 실외기가 소리를 내며 돌아가고 있었다.

마당은 정원이 꾸며져 넓어 보였다. 오른쪽 화단에는 열대 식물들이 즐비하게 자라고 있었다. 용설란이 유독 커 보였다. 알 수 없는 꽃들이 여기저기 피어 있고 평행봉이 두 개 설치되어 있었다. 집들은 일자형으로 나열하듯 지어졌고 단층집에 옥상은 없었다. 처마는 몹시 두꺼웠다. 아마도 두꺼운 지붕은 위에서 내리쬐는 태양열을 막기 위한 지혜가 아닐까 하는 생각이 들었다.

제오스키 집은 맨 끝이라고 했다. 유독 그 집에만 현관 앞에 불그스름한 전등이 켜져 있었다. 그가 내게 신호를 보내는 듯했다. 벨을 눌렀다. 제오스키가 문을 열며 반가이 맞아주었다. 집 안은 넓었다. 거실 바닥은 연한 잿빛 양탄자가 깔려 있었다. 우리가 사는 숙소보다는 시원하지 않았다. 벽 쪽에 붙어 있는 소파는 체크무늬 천으로 감싸여 있었고 한눈에 봐도 고급스럽지는 않았다.

제오스키가 아내 시라를 소개했다. 코가 뾰족한 금발 여인은 비키니에 가까운 하얀 핫팬츠를 입고 있었다. 소매 없는 티 무늬는 붉은색, 초록색 띠를 두르고 있었고 깊게 파인 반달형 티셔츠 너머로 그녀의 가슴선이 보일 듯했다. 그녀는 개를 안고 있는 것처럼 보였으나, 자세히 보니 커다란 고양이를 안고 있었다. 시라는 고개를 까딱하며 어서 오라는 듯이 활짝 웃고 있었다. 나도 반갑게 웃으며 고개를 까딱했다.

그의 딸이 나왔다. 성숙한 숙녀였다. 영화에 나오는 배우 같았다. 그녀는 눈이 부시도록 하얀 승마복을 입고 있었다. 키는 크고 엄마를 많이 닮았다. 유럽풍 승마복에는 양 어깨에 노리

개처럼 생긴 노란 휘장이 달려 있었다. 식사 후에 승마 교육이 있다고 소개했다. 짝 달라붙은 하얀 바지는 딸아이의 힙을 더욱 또렷이 보이게 했다. 그녀는 "하이!" 하며 미소 지었고 나는 한 손을 흔들며 웃어주었다. 벽에는 작은 액자들이 걸려 있었다. 그림과 가족사진들이었다. 천정에 작은 조명등을 달아놓아 그림과 사진들을 돋보이게 했다. TV가 있었지만, 비디오로 영화만 본다고 했다.

제오스키가 식탁으로 안내했다. 그는 와인 한 병을 들고 왔다. 나는 초대해줘서 고맙다는 말을 잊지 않았다. 둥근 접시에는 양배추를 잘게 썰어 담아놓았고 토막을 낸 오이와 방울토마토, 소시지가 조촐한 식탁임을 말해주었다. 번들번들한 초록색 완두콩은 캔에서 방금 꺼낸 것 같았다. 커피잔 앞에는 갈색 소스가 뿌려진 두툼한 스테이크가 하얀 접시 위에 놓여 있다. 오른쪽에 포크, 나이프, 티스푼이 정돈되어 있고 케첩, 버터가 있는 옆으로는 대나무 바구니에 방금 구운 듯한 식빵이 가득했다.

그들은 식사하기 전에 기도했다. 기도가 끝나자 제오스키는 자기 집에 온 첫 손님이라고 했다. 그는 활짝 웃으며 식사를 권했다. 나도 이곳에서 집에 초대받은 적은 처음이라고 했다.

그들은 잠시도 쉬지 않고 이야기했다. 씹으면서 삼키면서 웃으면서도 떠들었다. 우리처럼 조용히 먹질 않았다. 물론 그들은 독일 말로 대화를 했다. 손님을 초대해놓고 기쁘고 즐거워서 떠드는 것이 역력했지만 한편으로는 나를 흉보는지도 모른다는 생각이 들었다. 독일 말로 대화하기 때문에 알아들을 수 없었다. 나는 알아들을 수 없는 대화에 고개를 끄덕이며 스테이크를 먹었다.

딸아이가 "미스터 킴!" 하고 나를 쳐다봤다. 나는 대답했다. 더듬거리는 영어 속에는 독일어 발음이 느껴졌다. 제오스키가 지난번 딸이 궁금해 하는 내용을 말했었다. 나는 그동안 찾아본 내용을 떠올리며 설명할 어휘들을 생각했다. 딸이 말했다.

"미스터 킴이 개를 도살하는 모습을 영상으로 봤다. 사랑스러운 가족과 같은 동물을 잔인하게 죽일 수 있느냐? 죽인 다음 어떻게 요리를 해서 먹었느냐? 먹어야 할 이유와 먹게 된 동기를 말해달라."

나는 흥분이 되었다. 당돌하게 물어오는 여학생의 말 속에는 호기심이 잔뜩 묻어 있었다.

내가 질문을 했다. 학생은 한국에 대해서 아는 게 있느냐고, 그녀는 한국의 6·25전쟁을 소재로 한 영화를 봤다고 했다. 그리고 언젠가 한국인 바이올리니스트 정경화 콘서트에 간 것이 전부라고 했다. 나는 와인을 한 모금 마시고 내가 준비해 온 대로 설명을 시작했다.

"나는 우리 민족이 언제부터 개를 잡아먹게 되었는지 정확한 시대와 배경은 모른다. 이곳에서는 참고할 만한 자료도 찾을 수 없다. 누구에게 물어봐도 아는 사람이 없다. 한국인 전체가 개고기를 먹는 것이 아니라 극히 일부가 개고기를 먹는다."

나는 처음 먹게 된 동기에 대해서 말했다.

"한국은 땅이 좁다. 푸른 초원이 없다. 말이나 양을 키울 만한 지리적 조건이 안 된다. 한국인이 기르는 대표적인 동물은 소, 돼지, 닭, 오리, 개가 있다. 그런데 소는 농사일을 도와야 한다. 그리고 소는 물건을 나르는 수송용으로 길렀다. 돼지를 키우기도 하지만 대중적으로 기르지는 않았다. 그래서 농촌 가정에서 기르는 동물은 닭, 오리와 개가 주류를 이루었다. 개는 애완용 개와는 다른 똥개였다. 똥개는 사람의 똥을 먹는다고 똥개라고 불렀다. 똥개는 기르는 데 크게 신경 안 써도 된다. 그리고 스스로 번식도 한다. 한국에서 똥개가 하는 일은 밤에 도둑을 지키는 일이다. 한국에서는 개를 애완용으로 기르는 경우는 많지 않다. 그리고 개는 한국에서는 스태미너 식품으로 알려져 있다. 개는 도축하면 여러 사람이 배불리 먹을 수 있다. 한국엔 초복, 중복, 말복이라는 절기가 있다. 제일 더운 한여름에 있는 절기이다. 더운 여름 농사일을 하는 한국 사람들은 지치고 땀 흘리고 허기진 몸을 달래주는 음식을 찾게 되었다. 음식으로는 육류가 좋을 것으로 생각했다. 육류는 주변에서 쉽게 구할 수 있어야 하고, 가격도 저렴해야 한다. 그런데, 개고기가 몸에 좋다고 중국에서도 즐겨 먹는 것으로 알고 있다. 세계 곳곳에서 개고기를 먹었다는 기록이 발견되기도 했다. 인간은 여러 종류의 동물을 잡아먹는 잡식성이다. 고양이나 원숭이를 먹는 나라도 있다. 한국인이 식용으로 하는 개는 집 밖에서 자란 누렁이다. 애완용으로 기르는 개를 식용으로 쓰지 않는다. 항생제를 맞은 애견은 사람한테 독이 될 수도 있기 때문이다. 한국인이 개를 먹는 식용 문화를 무조건 무시하는 것은 바람직하지 않다."

나는 설명을 계속했다.

"한국인들 사이에도 개고기를 먹자는 측과 먹지 말자는 측이 강하게 대립하고 있다. 이 문제는 한국인 한 사람 한 사람의 문제다. 이번 샤워장 사건에 대해, 한국이 아닌 다른 나라에 와서 개를 도축하는 모습을 보여준 것에 대해 진심으로 사과한다. 앞으로 개 도축은 절대로 하지 않겠다. 약속한다."

내 말이 끝날 새 없이 제오스키 딸이 끼어들었다. 그때는 배가 고파서 먹었다면 지금도 배가 고파 먹었느냐고 물었다. 나는 아니라고 대답했다. 한국의 아버지들은 대대로 자식들에게 개고기 먹는 것을 보여줬고, 우리 조상들은 개고기가 건강에 좋은 보양 먹거리로 알고 있다. 그래서 1년에 가장 더운 여름을 택해 초복, 중복, 말복에 개를 잡아 지친 몸을 추스르는 식문화로 옛날부터 전해 내려왔다고 나는 분명하게 말했다.

"나는 개를 먹은 현실을 조금도 부끄럽게 생각하지 않는다. 우리에게 충고하지 마라. 야유하지도 말고 야만인 취급도 하지 마라. 전쟁 속에서 폐허가 되었던 한국을 머릿속에서 지워버려라. 우리 민족은 열심히 노력하고 묵묵히 살아가는 충실한 민족이다. 미스터 제오스키는 우리 한국인을 싸베지(야만인)라고 말했다. 한마디로 개고기를 먹는다고 해서 한국인은 절대로 야만인이 아니다. 외국인들은 한국인을 우수하고 유능한 국민으로 보고 있다. 문화는 그 민족 고유의 것이다. 지금 이 공사 현장만 해도 한국인이 사우디 정부와 정식으로 공사를 따냈고 맡아서 하고 있다. 여기에 한국인은 한국보다 발달한 독일의 설계도면과 유능한 독일인 감독을 한국인이 채용해서 현장을 이끌어가고 있다. 한국 노동자들은 정확히 드로잉(도면)을 볼 줄 알고 고도의 지적 기술도 가지고 있다. 한국은 머지않아 독일의 기술을 능가할 것이다. 처음에 말한 지리적 조건과 역사적 현실로 개고기를 먹게 된 것을 이해하길 바란다. 다만 인간이 애완용 반려동물을 잡아먹는 것은 야만인 소리를 들어도 마땅하다고 생각한다. 한국인들도 이제는 애완용으로 개를 많이 기르면서 개고기를 먹는 사람들은 점차 줄어들고 있다. 이런 문화적인 차이를 알아줬으면 좋겠다. 저녁식사에 초대해줘서 감사하다."

나는 말을 마쳤다. 내 말뜻을 알아듣지 못해서인가 분위기가 썰렁하고 조용했다. 와인으로 입을 축이며 그의 딸을 쳐다봤다. 그의 딸은 고개를 끄덕이며 전설 같은 이야기라고 했다. 말해줘서 고맙다고 했다. 승마 레슨을 받아야 한다며 자리에서 일어났다. 제오스키는 이해한다고 했지만 시라는 자기 나라에서는 절대로 개를 먹지 않으며 죽을 때까지 보살펴주고 사람과 똑같이 죽으면 묻어주고 비석까지 세워준다며 빈정거리듯 말했다.

⑫

제오스키가 커피는 거실 티테이블에서 마시자고 했다. 시라는 내가 가져온 람부탄을 쟁반에 담아 왔다. 커피 냄새가 향긋했다. 크림과 설탕은 보이지 않았다. 그들은 블랙으로 마신다고 했다. 시라가 람부탄을 까 먹기 시작했다. 열대지방에서 생산되는 람부탄은 주로 말레이시아에서 생산되고 부드러운 갈색 털로 싸여 있다. 약간 신맛이 나며 달콤하다. 속에 씨를 품고 있는 과육은 우윳빛으로 입에 넣으면 감촉이 좋고 씹을수록 신선한 맛이 난다. 그래서인지 열대지방 사람들은 람부탄을 즐겨 먹는다.

제오스키가 웃으며 독일산 맥주를 마시겠냐고 내게 물었다. 내가 대답도 하기 전에 시라가 먼저 원했다. 제오스키가 우리는 친구 사이라고 말했다. 우리는 서로 어려운 문제도 이해하고 풀 수 있는 사이라고 강조했다. 나도 같은 생각이라고 대답했다.

제오스키가 샤워장 이야기로 화제를 돌렸다. 그는 사건이 끝나고 샤워를 했냐고 내게 물었다. 나는 끄덕이며 땀으로 범벅이 되어 샤워했다고 인정했다.

대화가 끊어졌다. 그때 시라가 감탄하는 목소리로 미스터 킴은 람부탄을 몸에 지니고 있다고 말했다. 제오스키가 람부탄 한 개를 들어 위를 조금 떼어내고 흔들어 보였다. 나는 양 손바닥을 내보이며 두 팔을 벌리고 아무것도 없다는 모션을 하고 입을 샐쭉해 보였다. 제오스키가 들고 있던 람부탄을 가리키며 시라가 당신의 페니스가 람부탄을 닮았다고 고집한다는 것이다. 시라는 몇 주일째 미스터 킴의 람부탄을 보기를 원했고 독일로 돌아갈 날도 얼마 안 남았으니 미스터 킴을 초대하자고 졸랐다는 것이다.

그런 일이 있고 얼마 있다가 내가 자기 사무실로 찾아와 샤워장 사건을 없었던 것으로 해달라는 부탁에 오케이 했더니 200리얄을 내가 주어 받았다는 것이다. 나는 사실이라고 인정했다. 나로서는 그때 얼마나 기뻤는지 모른다. 나는 맞다고 또 인정했다. 그러고 초대를 승낙했다.

나는 내 몸 한구석에 붙어 있는 람부탄을 떠올렸다. 제오스키가 들고 있는 람부탄과 내 생식기는 닮아 있었다. 제오스키는 내가 샤워하는 장면을 캠코더에 담아다 시라에게 보여준 게 틀림없다는 생각이 들었다. 그러지 않고서야 시라가 어떻게 미스터 킴은 람부탄을 가지고 있다고 말할 수가 있느냐 말이다.

머리가 혼란스럽고 화가 치밀었다. 이들은 내 몸에 숨어 있는 람부탄을 캠코더로 본 것이 틀림없다는 생각이 들었다. 나는 비밀을 들킨 것이 슬펐다. 캠코더가 어디 있느냐고 신경질을 냈다. 기다렸다는 듯이 그들은 나를 침실로 인도했다. 제오스키가 캠코더를 손에 들고 능숙하게 작동시켰다.

벽에 붙은 하얀 화면에 초점을 맞추자 샤워하는 장면이 나왔다. 나는 앞으로 뒤로 물줄기를 맞아가며 몸을 씻고 있었다. 엉덩이가 보이더니 돌아서면서 페니스가 보였다. 떨어진 비누를 집으려 할 때 구부린 내 얼굴이 클로즈업된 것처럼 크게 보였다. 제오스키가 "유?" 했다. 나는 갑자기 알 수 없는 전율을 느꼈다. 화면을 정지시켰다. 보여주려는 듯이 그들이 람부탄과 닮았다는 내 페니스를 보고 웃고 있었다.

"저것 봐! 람부탄이지!"

시라가 나를 보며 말했다. 다시 캠코더를 작동하자 샤워는 끝나고 화면은 어두워졌다.

제오스키가 캠코더를 끄고 불을 켰다. 제오스키가 내가 달고 다니는 람부탄을 시라에게 보여주라고 말했다. 내가 황당해하며 침묵을 하자 자기가 100리얄을 준 것은 초대에 응했기 때문에 준 것이고 그 속에는 시라에게 보여준다는 당신의 약속이 들어 있다고 조롱하듯 말했다. 나는 화가 났고 돈 이야기를 그런 식으로 끌어다 붙이는 것부터가 견딜 수 없이 괘씸하고 불쾌했다. 굴욕감을 느꼈지만 참았다.

나는 자리를 옮겨 시라와 마주 앉았다. 바지를 벗었다. 그리고 보라고 소리쳤다. 시라가 똑같다며 람부탄을 만지려 했다. 제오스키가 두 손바닥을 펴들고 만지게 하라며 고개를 끄덕였다. 람부탄이 화를 내려고 했다. 시라가 괴성을 지르며 람부탄에게 얼굴을 묻으려 할 때 나는 바지를 올리고 벌떡 일어나 문 쪽으로 향했다.

어느 틈에 제오스키가 빠른 동작으로 내 혁대를 감아줬다. 그는 무릎을 꿇고 제발 람부탄을 시라에게 부탁한다고 애원했다. 시라는 우울증 환자라고 호소했다. 증세가 심해졌다며 울먹였다. 그러면서 두 손으로 싹싹 빌었다. 내가 샤워장 사건을 없었던 일로 해달라고 할 때처럼 그는 간절했다.

하지만, 나는 허리띠에서 그의 손이 빠져나가는 순간 거실로 뛰어나왔다. 신발을 신으려 할 때 제오스키가 내 어깨를 낚아챘다. 그리고는 내 뒤통수를 힘껏 내리쳤다. 독일 말로 알 수 없는 소리를 지르더니 내일 당장 감독 회의를 열고 샤워장 사건 전부를 모칼에게 보고하고 사우디 원청에도 리포트를 작성

해서 제출하겠다고 소리쳤다. 너는 당장 귀국이라고 소리쳤다.

나는 그 순간, 작은 사고가 크게 번져서는 안 된다고 생각했다. 나는 다시 무릎을 꿇고 그 일만은 제발 말아달라고 애원했다. 제오스키가 호통을 치기 시작했다. 우악스러운 독일말로 숨을 몰아쉬면서 헛손질을 해댔다. 너도 내게 무릎을 꿇고 빌었다. 나도 네게 무릎을 꿇고 빌었으니 서로가 '쌤쌤'이라고 했다.

시라가 방문을 차고 미친 듯이 나왔다. 자존심을 참지 못해 서인가 맹수처럼 내게 달려들었다. 무릎을 꿇고 있는 내 등을 발로 걷어찼다. 고꾸라진 내 머리채를 손으로 움켜쥐고 그녀의 침실로 질질 끌고 들어갔다. 밖에서 문 잠그는 소리가 났다. 그것은 시라와 나를 방에다 가두는 소리였다. 내 머리채를 그녀의 침대 위에 쑤셔박고는 휘청거리며 벽을 밀어 젖혔다. 벽이 열리면서 다른 방이 나왔다. 또 다른 밀실이다. 시라가 나를 밀어 넣었다. 더듬거리는 그녀의 손놀림에 또 다른 불빛들이 들어왔다. 이곳저곳에서 빛을 내고 샹들리에가 반짝거리며 서서히 돌아가고 있었다. 음악이 흘러나왔다. 시라는 음악에 맞춰 춤을 추기 시작했다. 음악은 코브라를 춤추게 하는 집시 음악 같았다. 시라의 몸짓은 그녀만의 특이한 춤이었다. 괴로움과 외로움, 알 수 없는 공포, 슬픔과 고통, 분노와 증오가 모두 혼합된 몸짓으로 신음하며 춤을 추고 있었다. 그녀가 지치자 내게 쓰러졌다. 괴성을 지르며 람부탄을 찾았다. 탈출은 불가능하다고 생각했다.

시라는 람부탄을 맛있게 먹고 있었다. 나의 람부탄은 몹시 화난 모습으로 비좁고 어두운 동굴 속을 헤엄쳐 나가려고 있는 힘을 다하여 애를 쓰고 있었다. 시라는 온 힘을 다하여 람부탄을 도와주고 있었다. 마침내 험한 동굴 속을 빠져나온 괴물은 바다가 보이는 벼랑 끝으로 나왔다. 어둠 속 벼랑에서 몇십 년을 오늘 하루만 기다렸다는 듯이 온 힘을 다해 온몸을 힘껏, 아주 힘껏 바닷속으로 밀어넣었다.

시라가 기쁘다고 손뼉을 치며 좋아했다. 나는 태어나 처음으로 람부탄의 주인이 되었음을 알았다. 제오스키 집을 나와 픽업에 올랐다. 새벽 하늘에는 은하수가 길게 줄지어 반짝거렸다. 은하수 속에 시라가 활짝 웃고 있었다. 아라비아의 밤하늘이 그렇게 아름다울 수가 없었다. 그 밤은 모두가 신의 창조물이었다. 어디선가 신을 부르는 소리가 은하수를 다고 길게 아주 길게 메아리가 되어 돌아오고 있었다.

'아-으-인 샬 라!'

비(婢)

현민은 2년에 한 번 건강검진을 늘 S병원에서 받는다. 병원은 20층은 되어 보이는 실버타운 건물로 1층과 지하가 S병원이다. 금년도 예외 없이 S병원에서 건강검진을 받았다. 건강검진이 끝난 현민은 원무과로 가던 중, 고령의 어르신과 함께 걸어오는 남자와 마주쳤다. 그들은 아버지와 아들 사이처럼 보였다. 현민은 그 남자를 보는 순간 거울 속의 자신을 보는 것처럼 닮았다고 느꼈다. 그 남자는 현민을 못 본 채 지나쳤다. 현민은 그들이 천천히 걸어가는 쪽을 바라보며 자신도 모르게 그들과

간격을 두고 따라가고 있었다.

현민은 돌아가신 어머니 생각이 났다. 어머니의 유언이 이해는 가지 않았으나 늘 가슴속에 품고 살았다. 어머니의 말씀은 이 세상 어디엔가 나의 아버지가 살아 있다고 했다. 아버지 소기도는 작고했는데 또 다른 아버지가 있다는 것이다. 살아있는 아버지 이름은 김보선이고 하나밖에 없는 그의 아들과는 쌍둥이라고 했다. 그쪽이 형이고 나는 동생이며 형의 이름은 김정태라고 했다. 현민은 이해가 되지 않았다. 아버지 소기도는 아무 말도 없이 돌아가셨기 때문이다. 어머니 을순네가 운명하면서 현민의 출생을 말한 것은 어디에선가 나와 똑같이 생긴 얼굴의 남자를 만나면 쌍둥이로 알라고 유언을 한 것이다.

현민은 올해 나이가 72살이다. 그렇다면 자기를 닮은 남자는 같은 또래일 것이다. 옆에 계신 분이 김보선이라면 90은 넘었을 거라고 짐작을 했다. 노인의 근력은 좋아 보였다. 부축하지 않고 둘은 느리게 걸어가고 있었다. 현민은 흥분되는 마음을 억제하면서 그들 앞으로 몇 발짝 더 앞서가다 돌아서 그들과 슬쩍 부딪쳤다. 현민을 닮은 그 남자는 놀란 표정이 역력했다.

현민은 대뜸 어르신에게 물었다.

"김보선 씨 되십니까?"

노인은 다짜고짜,

"너의 아버지가 소기도냐?"

"예!"

"너의 어머니 이름은 뭐냐?"

"을순네입니다."

어르신은 갑자기 눈시울이 붉어지면서 흐느꼈다. 나이의 선이 느껴지는 굵은 주름에 눈물이 흘러내렸다. 어르신이 목메는 목소리로,

"그래, 맞다. 너희 둘은 쌍둥이다."

현민의 아버지는 김보선이고 닮은 이는 형인 김정태이다. 현민의 가슴속에 간직했던 어머니의 유언이 사실이었던 것이다.

나는 아버지를 부축하여 병원 주변에 있는 다방으로 자리를 옮겼다. 아버지의 눈은 아직 젖어 있었다. 나는 목구멍으로 넘어오는 울컥함을 참으며 물었다.

"올해 아버님 연세가, 어떻게 되시지요?"

"아흔여섯이다. 너는 올해 일흔두 살이지?"

"예, 아버님!"

"정태 형님도 72세지요?"

정태가 빙그레 웃었다. 보선은 쌍둥이를 앉혀 놓고 을순네와

살았던 옛날을 회상했다.

1894년, 갑오개혁에 따른 노비 신분제 철폐가 조선 땅에 선포되었다. 주인을 섬기고 살던 하인 비복들은 그들의 세상이 왔건만 신분을 떠나 살아갈 길이 막막했다. 당장 주인집을 나가 농사를 지으려 해도 그들에겐 땅이 없었다.

종살이를 떠나 장사를 하든, 다른 무엇인가 해보고 싶어도 수중에 돈 한 푼 가진 게 없으니 신분제가 폐지되었어도 그대로 살 수밖에 없었다. 신분제 폐지는 말로만 빛 좋은 개살구일 뿐이었다. 손바닥만 한 자기 땅이라도 있었으면 하는 것이 그들의 소원이었다. 송곳 하나 꽂을 땅이 없는 현실을 비통해할 수밖에 없었다.

노비들은 그렇게 살다가 1910년 조선이 망하여 일본의 손아귀에서 꼼짝도 못 하는 신세가 되고 말았다. 나라는 없고 조선인은 있었다. 공부해서 벼슬을 한들 나라가 없으니 벼슬을 얻어 무엇하겠는가. 농가의 양반들 또한 천민들과 함께 농사를 지을 수밖에 없었다. 그렇다고 양반이 머슴들과 어울려 들로 논밭으로 나갈 수는 없었다.

김천복은 가진 농토로 보아 대농은 아니었다. 이제는 자기가 데리고 있던 노비들이 집을 나가 제 갈 길을 찾아가주길 바랐다. 어느 날 마지못해 인사를 하고 나가는 노비도 있었다. 노비들이 집을 나가면 남자 노비들은 백정이나 광대, 상여꾼이 되고 여자 노비는 기생이나 무당이 되는 경우가 허다했다.

김천복네 노비 중에 부부 노비가 있었다. 부부 노비에게는 아들이 하나 있었는데 아들 이름이 기도였다. 3식구는 아무 소리 없이 묵묵히 그날그날 말없이 함께 살았다. 김천복은 나라가 없는 내 땅에서 주인으로 조선인으로서 그들과 함께 살아야 했다. 노비의 풍습은 좀처럼 사라질 수가 없었다. 모두 그렇지는 않았지만, 노비 아닌 노비로 전과 같이 살아가야만 했다. 노비 제도는 사라졌다 해도 갈 곳 없는 그들은 있는 그대로 노비 신세로 살아야 했다.

그들이 존재하는 한 김천복 자신도 노비와 다를 바가 없었다. 양반의 상전은 일본인들이었다. 오히려 같은 조선인으로서 노비들과 상하를 갖는다는 것은 이 시대에 어긋난다고 생각했다. 조선 전체가 양반과 천민의 구분이 없어졌기 때문이다.

김천복은 장가는 갔으나 한참 후에야 아들을 낳았다. 아들 이름을 보선이라고 지었다. 김천복의 처는 출산 후유증으로 저세상으로 갔다. 보선은 기도의 부모가 보살피며 키웠다. 보선이가 성장하자 기도 부모는 홀연히 김천복이 집을 떠나버렸다. 기도에게 끈을 붙여주고 떠나면서 기도를 보러 꼭 돌아오겠다고 김천복과 약속을 했었다. 기도 부모의 말로는 자식을 위해서 떠난다고 했다.

김천복은 기도의 부모가 떠나자 너무 허전하고 애통하여 그들을 잊지 못하고 살고 있었다. 해마다 농사를 지어놓으면 쌀은 나라에 바쳐야 하고 하다못해 밤을 새워 가마니를 짜놓아도 나라에서 걷어갔다. 뼈 빠지게 일해 나라에 바치는 실정이다.

보선이 나이 11살이 되던 해에 장가를 갔다. 혼인한 지 몇 해가 지나도 손주가 생기질 않았다. 김천복은 손주 보기를 학수고대했다.

김천복은 손주를 얻을 수 있는 일이라면 어떤 일이든 서슴지 않았다. 주재소를 피해 100일 기도를 보내기도 했다. 용녀한테 수태에 좋다는 한약이 떨어질 새 없이 지어 오니 집 안에는 한약 냄새가 그치질 않았다. 세월은 자꾸 흘러도 기다리는 손주는 수태될 기미가 보이지 않았다.

1940년, 창씨개명 반대가 시작되었다. 일본은 조선인의 성씨와 이름을 바꾸라고 아우성을 쳤다. 우리를 자기네와 동일 민족이라 했다. 그러니 자기네의 법대로 자기네를 따르라는 것이 그들의 주장이다. 두루마기를 입고 갓을 쓴 우리 조상이 어찌 자기들과 동일한 민족이란 말인가. 조선인이 조상을 버리고 자기의 신을 참배하라니 말도 안 되는 그런 엉터리가 어디 있단 말인가. 김천복은 조상을 향해 티끌만큼도 죄스러운 일을 할 성품이 아니었다. 응어리진 울분을 누르며 살고 있었다.

면사무소 서기가 주재소 순사를 대동하고 김천복 집으로 쳐들어왔다. 순사는, 삿대질하며 당장 창씨개명에 도장을 누르라고 눈알을 부라렸고 면서기는 서류를 내놓고 도장을 찍으라고 김천복의 턱에 디밀었다. 김천복은 순사가 차고 있는 칼을 가리키며 소리질렀다.

"이놈! 칼이 내 목에 들어와도 창씨는 못 한다. 어찌 내 조상이 있는데 일본놈의 귀신을 따르라는 거냐! 못 해! 못 한다!"

김천복은 절구통에 꽂혀 있는 절굿공이를 뽑아들고는 따라오면 쳐 죽인다며 대문을 차고 나갔다. 얼떨결에 겁을 먹은 식솔들은 시뻘건 인주에 손가락을 찍어 개명 서류에 눌렀다. 면서기가 너는 이름이 뭐고 너는 뭐라고 일본말로 가르쳐주고는 집을 나갔다. 이 광경을 보선은 숨어서 보고 있었다.

이튿날 보선네 집안은 큰일이 벌어졌다. 창씨개명을 거부하고 절굿공이를 뽑아 나간 김천복이 그날로 뒷산에 올라가 소나무에 목을 매고 죽은 것이다. 아버지의 죽음 앞에 서 있는 보선은 깊은 생각에 빠져 있다. 자신도 창씨를 거부하고 아버지 따라 목을 매야 하는가? 아니면 창씨를 허락하고 살아야 하는가? 두 길에서 어쩔 줄을 몰랐다. 보선은 언제까지 슬픈 마음을 간직할 수만은 없었다. 마음을 추스르고 눈앞에 닥쳐오는 일들을 처리해야만 했다.

창씨 문제가 큰일은 큰일이다. 그 일로 아버지는 가셨고 식솔들은 모두 창씨를 했다. 보선 자신만 창씨를 하지 않았다. 만약을 대비해 면서기를 찾아가 서둘러 창씨를 해야 할 것 같다고 생각했다. 나라 없는 나라에 사는 백성으로 소홀히 할 문제가 아니라고 판단했다.

또 하나의 큰 문제는 대를 잇는 문제였다. 어떻게든 용녀가 자식을 낳아주어야 하는데 용녀는 틀린 것 같다. 몸이 너무 마르고 허약하다. 그렇게 한약을 먹여도 효험이 없으니 막연히 기대만 할 수는 없었다. 보선부터가 성의껏 정성을 다해왔으나 아무런 효과도 보지 못했다. 그것도 3년을 공을 들여오면서도 어찌하면 좋을지를 몰랐다. 보선은 자학을 하며 끓어오르는 마음을 혼자서 채찍질하고 있었다. 용녀한테 기대할 수 없다면 어쩔 수 없이 씨받이라도 데려와 대를 이어야 하는 게 아니냐는 생각이었다.

한편 무슨 짓이라도 해서 자식을 얻으려면 보선 자신의 씨앗이 병들어 있는지 확인해야 한다. 자신의 씨앗이 쭉정이라면 아무런 소용이 없다고 스스로 자신을 의심했다. 이러지도 저러지도 못하는 보선은 머리끝에서 발끝까지 화가 치밀었다.

죄 없는 을순네를 불러들였다. 영문을 모르는 을순네가 방으로 들어오자 보선은 다짜고짜 막무가내로 을순네를 뉘어놓고 일을 저질러버렸다. 일이 끝난 보선은 을순네에게 미안한 심정으로 말했다.

"내 씨앗이 병이 들었나, 안 들었나? 싹이 트는가 안 트는가? 자네가 판단 좀 해주게."

그게 전부였다. 얼떨결에 당하고 나온 을순은 억울하지만 어쩔 수가 없었다. 지렁이도 밟으면 꿈틀한다지만 당해버린 사정을 어디다 하소연할 데도 없다. 보선 어른의 씨앗을 내 몸에 심어놓고 싹이 트는가 안 트는가 판단하라니, 싹이 터서 아이가 생기면 어찌하겠다는 말인가. 을순네는 그 어른의 심정을 모르는 바는 아니지만, 어른이 하는 처세가 옳은지 머리를 갸우뚱할 수밖에 없었다. 을순네도 답답한 것은 보선 어른보다 더 답답하다. 보선 어른보다 먼저 기도와 혼인을 했는데도 기도 싹이 뱃속에서 트질 않으니 말만 남편이랍시고 빈껍데기만 달고 다니는지 알 수가 없었다.

을순은 의심이 가는 데가 또 하나 있었다. 안방마님은 을순네와 백일기도를 다니며 순사한테 붙잡혀 몇 번이나 씨를 받았을 텐데도 지금껏 아무런 소식이 없었다. 그러면 보선 어른이나 순사나 기도까지도 씨 알맹이가 없는 빈껍데기들뿐이란 말인가. 을순네는 이해가 안 되는 데다 자기한테도 왜 애가 들어서지 않는지 알 수가 없었다.

대쪽 같은 보선의 아버지 김천복은 보선에게 불호령을 내리며 훈계를 했었다.

'남자는 자고이래로 3가지 조심을 해야 한다. 첫째가 입 조심, 둘째가 손 조심, 셋째는 뿌리 조심이니라!'

보선은 세 번째 훈계에 불응했다. 그것도 내 집에 같이 사는 을순네를 건드렸다. 보선은 아버지를 생각하며 잘못했다고 빌었다. 자신이 지지른 일에 대하여 조금은 수습해야겠다는 생각이 들어 용녀의 눈치를 보아야 했다.

아버지가 목을 맨 이유가 창씨 때문이기도 하지만 손주를 애타게 기다리던 끝에 화도 나셨을 거라며 며느리한테도 책임이 있다고 말을 하고는 넌지시 용녀의 얼굴을 살폈다. 귀를 쫑긋하던 용녀는 손주에 대한 일이라면 어떤 말을 해도 할 말이 없다는 게 용녀 대답이다. 보선은 또 어떻게 하면 우리도 자식을 가질 수 있을까 하고 물었다.

침묵이 흘렀다. 보선은 겨우 하는 말이 용녀가 안 된다면 양자를 들이자고 했다. 보선은 긴 한숨을 내뱉고는 혹시 내 씨가 병들어 있다면 아이를 못 낳을 수도 있다고 했다. 용녀가 가늘게 뜬 눈으로 보선을 마주 보며 외도라도 해서 자식을 낳을 셈이냐고 물었다. 보선은 펄쩍 뛰며 외도는 무슨 외도냐고 단호하게 말했다. 보선은 용녀를 다독이며 무슨 수가 있을 거라고 지금껏 살아왔는데 너무 걱정하지 말라고 위로했다.

을순네 또한 보선 마님과 그런 일이 있은 후 기도를 쳐다보기 민망해서 입을 열었다. 보선 어른이 장독대 옆에 모신 터주 앞에 엎드려 울면서 하소연하는 소리를 들었다며 너무 불쌍하고 안됐다는 동정이 담긴 말을 기도에게 했다. 대뜸 기도가 물었다.

"뭐라 하소연했는데?"

가장 슬프게 하소연한 것은 부모님이 이제는 아무도 없다며 복받쳐 울다가 더 슬프게 우시는 건 손주를 못 낳아주어 죄인이라고 그렇게 몸부림치며 우셨다고 말했다.

을순은 너무 불쌍해서 그놈의 자식이 뭔지 하나 낳아드리고 싶다며 기도를 쳐다봤다. 기도는 슬픈 표정이 역력했다. 그러다 기어들어가는 소리로 말했다.

"그래! 하나 낳아드려! 보선 어른이 불쌍하잖아?"

"정말?"

을순은 맞장구는 쳤지만 '이런 쓸개도 없는 소 같은 놈'이라고 중얼거렸다. 남편 구실을 못 하는 기도였지만 마음 하나는 착하고 을순네 없이는 못 사는 기도였다. 을순은 진실한 마음에서 보선 마님 댁에 아들을 하나 낳아주고 싶었다. 아이를 한번 가져봤으면 하는 모성애가 자신에게도 있었기 때문이다. 만약 아들을 낳아놓으면 자기들 것이라고 당연히 빼앗아갈 것이다. 죽은 큰어른도 대를 잇지 못해 큰 걱정을 했고, 지금 보선 어른 또한 별다른 대책이 없어 보였다. 오죽하면 을순이를 찾았을까.

맞아 죽더라도 아들이 나오면 못 준다고 해볼까. 지금은 양반 상놈 노비가 다 없어졌고 노비 문서마저 휴지가 되어버린 상황에서 나도 자식이 없으니 안 된다고 해보면 어떨까. 또 안방마님은 어떻게 반응할지 궁금하기도 했다. 을순네는 애가 들어서지도 않았는데 김칫국부터 마시고 있었다.

그러나 아들을 낳아놓으면 이 집에서 쫓겨날 것은 분명하다고 생각했다. 안방마님이 낳은 것으로 해야 하기 때문이다. 같이 살다가 아이가 자라 을순네가 엄마라는 사실이 밝혀지면 안 될 테니, 틀림없이 쫓겨날 거라고 별별 생각을 다 하였다. 그러다 을순은 현실을 탓하고 말았다. 죽으라면 죽은 시늉까지 해야 하고 때리면 때리는 대로 맞아가며 살아야 하는 종살이를 한탄할 수밖에 없었다.

을순은 다시 마음을 고쳐먹었다. 아들을 낳아준다 해도 기도와 을순네 운명은 어쩔 수가 없다. 지금까지 해온 대로 복종하며 살아야 한다고 마음을 돌렸다. 그래야 신세 편하고 목숨을 부지할 수 있을 테니까. 노비(奴婢)는 인간의 탈만 썼지, 결코 사람이 아니라고 을순은 울분을 삼키고 말았다.

“마님, 죽여주시옵소서! 이년이 임신을 했습니다!”

“아니, 뭐야! 누구의 애를 임신했다는 거냐?”

문지방 너머에서 들려오는 을순네 울음소리에 발걸음을 멈춘 보선은 와락 눈물이 솟구쳤다. 주체할 수 없는 감격스러움에 눈물이 쏟아졌다. 이 얼마나 기다리던 순간인가.

을순네가 임신한 것을 용녀한테 빌고 있었다.

"네 이년! 감히 네가 꼬리를 친 게냐? 그럴 분이 아니라는 건 네가 누구보다도 잘 알지 않느냐?"

"예, 알고말고요! 이년이 어느 날 밤 장독대에 가려는데 터주 앞에서 보선 어른을 보게 되었지요. 터주 신을 찾으시며 돌아가신 부모님을 부르시며 너무 처량하게 하소연하시더니, 큰마님을 따라 목을 매고 싶어도 자식을 만들지 못해 못 죽는다고 하셨습니다. 터주 신을 부르며 아들 하나만 점지해달라고 통곡을 하고는 엉엉 우시기에 너무도 애처로워 이년이 마님 등에 얼굴을 묻었습니다. 그날 밤 마님은 저를 안으셨고요. 죽여주십시오. 마님!"

을순네 자백은 거짓이었다. 그날 을순네를 어떻게 했는지는 보선이 더 잘 알고 있었다. 처절하게 빌어대는 을순네의 울음소리를 들으며 보선은 그녀의 정성이 너무도 가련하고도 고마웠다.

보선은 두 주먹을 불끈 쥐었다. 자신도 아이를 낳을 수 있다는 자신감이 생겼다. 자신의 씨앗이 병들지 않았다는 확실한 증거를 을순네가 보여준 것이다. 지금부터는 주눅 들어 고개 숙일 필요도 없고 애 못 낳는 병신 소리도 들을 필요가 없다. 누구와 마주쳐도 똑바로 볼 수 있다는 자신감이 넘쳐났다. 모든 사람이 반갑게만 보였다. 딴 세상에서 새사람이 된 것처럼 보선은 바보가 아니라고 소리쳤다.

보선의 아버지 김천복은 손주가 출생하기를 애타게 공을 들이다 대를 잇지 못하고 목을 매고 말았다. 용녀의 죄스러운 마음은 가슴속에 돌덩이처럼 굳어 있었다. 김천복의 죽음으로 보선네 집은 암울하고 어두운 바람만 휘돌았다. 그러던 중 을순네의 임신 소식에 가정에는 때아닌 활기가 돌기 시작했다. 사람들도 덩달아 생기가 넘쳤다.

보선은 자신감과 용기에 차 있었다. 밝은 모습으로 들로 산으로 논밭으로 뛰어다니며 농사일을 돌보았다. 기도도 덩달아 좋아하며 보선을 따랐다. 기도의 성품은 착하고 성실하며, 순종적이다. 이런 기도에게 보선은 우리글을 가르치고 더하고 빼는 셈법도 가르쳤다. 기도는 보선보다 먼저 장가를 갔어도 아이가 없으니 기도의 씨앗이 병들어 있다고 보선은 생각했다. 보선은 기도한테 자식이 없어 어찌할 거냐고 물으면 자식은 가져서 뭣하냐는 대답이 돌아왔다. 기도의 본심이라 생각되었다. 지금은 양반 노비의 신분제도가 없어졌다고 귀가 닳도록 가르쳐도 이해하지 못했고 말을 듣지도 않았다.

그러나 을순네는 달랐다. 눈치 빠르고 매사에 적극적이며 요령도 많았다. 밤잠을 설쳐가며 집안일을 돕는가 하면 자기 몫도 챙길 줄 아는 욕심도 있었다. 을순은 기도와는 달리 자식을 갖고 싶어 하는 모성애도 있었고 대를 잇고 싶은 충동도 있었다. 을순은 남을 배려할 줄도 아는 성격이었다.

보선은 을순네가 임신해 있는 동안 용녀의 정성에 감탄했다. 혹시 을순네를 시기하지 않을까 걱정했지만, 오히려 부러워하며 그렇게 해서라도 자식을 가져야겠다는 애틋한 마음이 느껴졌다. 을순네처럼 팔을 걷어붙이고 부엌, 마당, 장독대를 오가며 우물가에 앉아서 하는 일도 서슴지 않고 하였다. 보선은 그런 용녀가 고마웠다.

을순네가 만삭이 되었을 때 용녀는 안방과 마루 사이에 있는 건넛방을 내주었다. 유난히도 배가 불렀다. 용녀는 쉴 새 없이 건넛방을 들락거렸다.

그 다음 해 겨울 을순네가 출산을 했다. 튼실한 쌍둥이 형제가 태어났다. 보선과 용녀가 그렇게 애타게 바라던 자식을 보게 된 것이다. 그 기쁨을 무어라 형용할 수가 없었다. 보선은 한번에 아들을 둘씩이나 얻었으니 경사스러운 일이 아닐 수 없다.

쌍둥이를 낳고 며칠 안 되어서 일이 벌어졌다. 핏덩이 형제를 젖을 먹여 재워놓고 을순네가 천정 대들보에 목을 맨 것이다. 때마침 쌍둥이 아들을 보러 방에 들어왔다가 이를 본 보선과 용녀는 경악을 금치 못했다. 보선과 용녀는 을순을 내려놓고 허겁지겁 물을 떠다 얼굴에 뿌리고 먹였다. 그리고 을순네 가슴에 손을 넣었다. 숨이 끊어지지는 않았다.

용녀가 통곡했다. 두 아이를 어찌 기르라고 죽는단 말인가. 가슴을 치며 천벌을 받을 짓이라고 울먹였다. 멍하니 서 있던 보선은 아이와 을순네를 내려다보고 있었다. 저녁때가 되어 을순네가 깨어났다. 용녀는 을순네 손을 잡고 하소연했다.

"왜 죽으려 했나? 말을 하게."

묻는 말에 을순네가 죽어가는 소리로 입을 열었다.

"마님, 이년이 자식을 낳아놓고도 자식이 없다면 무슨 낙으로 살아가겠습니까. 두 아이를 놓고 이 집을 나갈 생각을 하니 살고 싶지 않았습니다."

"그렇다면 어찌했으면 좋겠는가?"

용녀가 다급히 물었다.

"쌍둥이 아들의 동생을 제게 주십시오."

옆에 있던 보선이 큰기침을 하며 그건 안 된다고 큰 소리로 말했다. 그러자 을순네가 힘없이 말했다.

"어차피 죽으려 맘먹었으니 뒷산에 가서 목을 달겠습니다."

"아니, 아버지도 뒷산에서 목을 맸는데 을순네까지?"

"아이를 못 주신다면 이년은 당장 뒷산으로 가겠습니다."

새끼를 잃은 맹수처럼 을순은 자리에서 벌떡 일어났다. 보선과 용녀는 얼굴을 마주하고 두 아이를 내려다봤다. 보선은 숨을 죽여가며 알았다고 했다. 을순네가 고개를 들어 독살스럽게 물었다.

"안방마님도 허락하시는 겁니까?"

용녀는 흐느끼면서 보선을 마주 봤다. 잠시 후 용녀는 마지못해 고개를 끄덕였다. 보선은 또 한 번 초상을 칠 뻔한 을순네가 무서웠다. 만약 집에서 목을 매 죽었다면 이 집에서 어떻게 살겠는가. 우리가 빨리 들어오길 잘했다고 보선은 용녀를 쳐다봤다. 보선은 큰아이 이름을 정태라 지었고 기도는 작은 아이 이름을 현민으로 지어 각자의 자식임을 확실히 했다. 보선은 기도네 식구를 내보낼 생각을 했다.

논 시 마지기와 밭 팔백 평을 돈으로 환산해 주고 씽둥이가 젖을 뗄 때쯤 기도네 식구를 내보냈다. 그 후로 몇 년 더 살다가 보선도 고향을 정리하고 한성으로 이사를 했다.

그렇게 헤어진 뒤로 을순네의 생사도 모르고 정태는 늙어 70

이 넘도록 을순네와 한번도 만나지 못했다. 혹시나 을순네가 살던 곳을 찾아 가보았으나, 보선이 고향을 일찍 떠나왔으니 서로 만날 수가 없었다. 보선은 고향 사람들한테도 한성으로 이사 가는 것을 숨겼다. 보선과 용녀는 정태를 을순네가 낳은 것이 아니라 용녀가 낳은 것으로 알기를 바랐기 때문이다.

지금은 기도나 을순네도 이 세상에 없지만, 용녀도 오래전에 세상을 떠났다. 보선만 살아남아 쌍둥이 아들을 만날 수 있었다. 보선은 그들의 손을 잡고 쌍둥이라며 정태의 손 위에 현민이 손을 얹어주었다.

발 파 수

용갑은 종순의 병원비를 마련해야만 된다. 아직 일할 수 있는 능력은 충분하다고 생각하지만 일할 곳은 어디에도 없다. 노인에게도 일할 기회가 주어진다면 얼마나 좋을까. 그런 사회를 애타게 그리워했다. 그렇게 바라던 마음 때문이었는지 사회는 용갑을 외면하지 않았다. 예전에 다니던 회사에서 용갑을 찾았다.

회사는 그의 오래된 지혜와 기술을 원했다. 구직자가 많은 현실이지만 정년퇴직을 하고 나간 용갑을 부른 것이다. 회사에 근무할 때는 관리직으로 근무했으나 그는 발파면허를 가지고 있었다. 용갑의 기술을 회사는 인정했고 중요한 발파 업무를 담당하며 또 다른 대우도 받았었다.

용갑은 자신을 불러준 회사가 고마웠다. 이번에 용갑을 찾은 이유 또한 발파 건이었다. 아파트 단지 뒤쪽 야산에 묻혀 있는 암석을 들어내야 다음 공사에 차질이 없는데, 돌산이 아파트와 인접해 있어 암석을 들어내는 과정에서 주민들의 반응을 의식하지 않을 수 없다는 것이다.

용갑은 발파의 절차를 설명했다. 현장을 답사한 후 암석의 질을 봐야 하고 발파하는 시간이나, 또는 작업을 장비로 할 것인가 화약으로 할 것인가를 파악해야 하며, 만약 화약으로 한다면 암석에 구멍을 뚫고 그 속에 집어넣을 화약도 선별해야 하고, 그리고 소음과 진동을 계산해야 하며, 발파 시점이나 횟수도 중요하며, 아파트와 암석이 얼마나 떨어져 있는가에 따라 들어내는 방법이 다르다고 했다.

만에 하나 발파 과정이 잘못되면 주민들과의 대립은 피할 수가 없다. 그렇게 된다면 배상 요구가 들어올 수밖에 없다. 배상에는 소음 진동, 발파 소음, 발파 진동 배상이 있고, 아파트나 지하 주차장에 미세한 균열만 생겨도 매우 심각한 상황이 벌어질 수도 있다.

내일부터 출근해달라는 현장소장의 간곡한 부탁에 용갑은 선뜻 대답하지 못했다. 건강이 좋지 않은 아내 종순에게 치매기가 나타났기 때문이다. 더구나 현장이 지방인 관계로 출퇴근하는 것이 어렵기 때문이기도 했다. 주민들을 의식하는 공사이고 보면 작업 기간만은 서둘러서 될 문제는 아니다. 용갑은 시간을 두고 작업을 해야 할 거라고 판단했다. 주변에도 발파 기술이 뛰어난 사람이 있을 텐데 자신을 불러준 것에 대해 용갑은 고마워서라도 거절할 수가 없었다. 가장 큰 문제는 현장 생활을 해야 하는 점이다.

용갑은 일을 나가기로 마음먹었다. 그동안 일거리를 무척 기다렸던 터이고 자신이 할 수 있는 일을 무척이나 찾았으나 마땅한 일거리를 찾지 못했었다. 이번 일이야말로 평생 해왔던 일에다 정년까지 마친 전직 직장에서 불러준 것이 기쁘기도 하고 고맙기도 했다. 용갑은 종순을 아들과 며느리한테 부탁을 단단히 하고 간병인 한 사람을 쓰기로 했다. 종순이 걱정되어 보름에 한 번씩은 집에 다녀올 수 있도록 회사와도 합의했다.

용갑은 현장을 조사했다. 단단한 암석들이 산재해 있었다. 화약으로 하는 발파 작업은 소음과 진동이 심한 편이다. 주민들이 출근한 오후에도 화약 발파 작업을 하는 것은 불가능한 상황이었다. 강질 암석에다 코로라 드릴로 여러 구멍을 낸 후 포크레인에 무진동 브레카를 달아 쪼아대는 방법으로 작업을 할 수밖에 없었다. 또한 암질이 약한 부분에는 화약 발파도 할 수가 없다. 암과 아파트 거리가 너무 가깝기 때문이다.

용갑은 차분하게 시간을 갖고 장비를 사용해서 암을 들어냈다. 주민들은 아주 작은 소음은 인정해주지만, 창문에 영향을 주는 소음이나 진동은 허락하지 않는다. 용갑은 젊은 시절부터 다져온 발파의 모든 지혜와 기술을 동원했다. 이보다 신경이 더 가는 힘든 현장도 수없이 겪어왔다. 그의 발파 실력을 회사가 인정했기에 다시 불러준 것이 아닌가.

공사 기간은 여러 달 걸렸으나 안전사고는 물론 주민들과도 아무런 마찰 없이 무사히 암석들을 제거할 수 있었다. 뒷정리까지 깨끗이 끝냈다. 하지만 보름에 한 번씩 집에 다녀오지 못하고 한 달을 꼬박 더 작업을 하고 나서야 현장에서 나올 수 있었다. 용갑은 오래된 자가용을 바꿀까도 생각했으나 아직은 쓸 만하다고 혼잣말을 하며 운전대를 잡았다.

종순을 태우고 바닷가를 한번 돌아오고 싶었다. 공기 좋은 산속으로 데리고 가 며칠 쉬었다 오고 싶었다. 그간 며느리한테 얻어 쓴 돈도 얼마간은 주고 싶었다. 손자에게 용돈도 좀 주어야겠다고 생각했다. 일을 마치고 집으로 돌아가는 용갑은 날아갈 듯 마음이 가벼웠다. 팔십을 바라보는 나이에도 회사에서 쓸모가 있다는 자신의 직업에 자부심이 생겼다. 현장 일도 궁색한 형편도 원만히 해결된 것 같아 모든 것이 만족스러웠다. 용갑은 기쁜 마음으로 휘파람을 불며 집으로 달려갔다.

집에 도착했을 때 종순은 그림자도 보이지 않았다. 아들과 며느리한테 자초지종을 물었다. 아들이 말하기를 갑자기 치매가 심해져 간병인을 구타하고 욕설을 퍼부어 간병인은 나갔고 밤낮으로 괴성을 지르고 똥을 싸서 주무르고 아무 데나 발라대고, 이웃도 시끄럽다고 하고, 아버지한테는 연락이 안 되는 상황에서 도저히 모실 수가 없어서 요양원으로 모셨다고 했다. 아들의 말이 끝날 새 없이 용갑은 소리쳤다.

"야! 이 새끼야! 나한테 연락도 없이 니 맘대로 해!"

빽을 내치고는 멱살을 잡아채고 구석으로 던져버렸다.

"그래, 엄마를 요양원에 처박고 잠이 오디!"

멱살을 잡으러 달려드는 순간 며느리가 소리쳤다.

"아버님! 여기 있습니다. 요양원 주소요. 어서 가서 집으로 모시고 오세요."

며느리가 내민 것은 요양원 주소와 약도였다. 용갑은 주먹으로 식탁을 내리쳤다. 식탁 위에서 이것저것 쏟아져내렸다.

집을 뛰쳐나온 용갑은 차 속에 몸을 던졌다. 몸부림치며 오열하다 끝내는 울다 지쳐 핸들에 머리를 올려놓고 잠이 들었다.

"여보 미안하오! 내가 건설 현장을 가지 말았어야 했소. 내가 집에만 있었어도 당신이 이렇게까지는 망가지지 않았을 거요. 내가 잘못했소. 당신 심정이 어떠했을지, 어떤 행동을 했을지도 잘 알고 있소. 치매에 대해서는 나도 알고 있다오. 내게도 계획이 전혀 없었던 것은 아니오. 내 계획은 고향으로 함께 내려가는 거였소. 버들강아지 피어나는 봄이 오면 진달래 피고 새싹 돋는 들판에서 당신을 마음대로 뛰놀게 하고 싶었소. 방에 갇혀 침대에 묶여 살아가는 생활은 절대로 안 시키려고 했소. 넓은 들판을 자유롭게 뛰놀며 소리치고 마음대로 놀 수 있게 내가 도와주고 싶었소. 따듯하고 아늑한 흙냄새 나는 초가집에서 먹고 자며 벽이나 방바닥 어디에라도 심지어 밥사발에 똥을 찍어 발라도 누구 하나 당신을 나무랄 사람 없을 거요. 나는 자꾸만 더 하라고 손뼉을 쳐줄 거요. 공기 좋은 산골짜기 바위틈에서 흘러나오는 맑은 물로 밥을 해 먹고 들과 밭으로 나가

산나물을 뜯어 무쳐줄 거요. 엄마가 가르쳐준 나물무침도 알고 있소. 햇감자를 심어 감자밥을 해 먹고 옥수수를 많이 심어 겨울 동안 먹을 양식도 준비하겠소. 아빠가 가르쳐준 약초를 찾아 지성껏 달여주겠소.

당신한테 하고픈 말도 수없이 많소. 내가 태어나서 부모님과 살았던 이야기며, 당신한테 잘못한 것들을 고향에 가면 모두 고백할 거요. 지금 당신은 얼마나 마음이 아프겠소. 기다려줘요. 모든 일이 나의 잘못이오. 내가 현장에 가기 전에도 당신을 병원에 데려가 진찰하려고 마음먹고 있었지만, 그때는 그렇게 심하지 않았고, 손을 쓰려 했으나 돈이 따라주지 않았던 거요. 우리가 살아오면서 가장 잘못한 것은 당신과 내가 모아둔 돈이 없다는 것과 너무 일찍 당신이 살림을 며느리한테 넘긴 거요. 별도로 저축해둔 돈도 없고, 재산을 모으지 못한 것이 큰 잘못이라 생각하오. 자식 농사를 잘못 지은 것도 큰 잘못이라 생각하오. 우리가 늙어보니 자식과 부모 사이를 이번에 확실하게 알아봤구려. 우리 아들이 부모를 부담스럽게 생각하며 사는 것 같소. 결혼해서 손자를 안겨준 것으로 효도를 다했다고 생각하는 것 같소. 부모에 대한 효심이 있어야 하는데 자식은 그런 마음이 없는 것 같소. 빠듯한 월급으로 살아가려니 눈만 뜨면 쓰는 것은 많아지고, 저희끼리도 다투고 대립하는 일들이 많았을 거요.

당신은 그래도 돈만 있으면 손주 주려고 무어라도 사 들고 왔지요. 나 또한 손주한테 뭐라도 주고 싶었지요. 우리가 못 먹더라도 우린 그랬지요. 모두가 내 잘못이라오. 왜냐구요. 고향 집에 가면 말해주겠소. 며느리 밥을 얻어 먹는 것이 아니었나 보오. 우리 부모들이 살았던 그런 세대가 아니오. 미리 깨달아야 했지만 그리하지 못했소. 모든 걸 참고 견디다 당신이 치매가 온 거요. 미안하오. 내가 다 잘못했소이다.

이제 우린 고향으로 가자구요! 진작부터 생각은 있었지만 이렇게까지 될 줄은 몰랐던 거요. 이제 남은 세월을 당신과 나는 누구에게도 의지하지 말고 우리 힘으로 힘 닿는 데까지 서로 아끼고 존중하며 살아갑시다. 미안하오. 모두가 내 잘못이요. 우리 부모가 살았고 내가 태어난 집에서 살기로 해요. 우리가 먹어야 얼마나 먹겠소. 둘이서 마음 비우고 살아갑시다. 내가 다 하리다. 내가 자란 곳에서 살아가는 방법을 부모한테 배워서 알고 있소. 절대로 당신 고생 안 시킬 거요. 낮에는 밭으로 나가 일하면서 억척스럽게 일할 것도 없고 먹고 지낼 만큼만 일구고 가꾸면 되는 거요. 내가 지금까지 한 말을 당신은 어떻게 생각하고 있는지 만나면 자세히 이야기할 테니 어디서든 제발 살아서 기다려줘요."

용갑은 꿈속에서 종순과 따로 나가 살 것을 계획하고 있었다. 용갑은 또 남은 세월을 반성하며 뉘우치고 깨달으며 살아갈 곳은 고향이라고 하소연했다. 고향에 가 살면 종순의 치매도 나을 수 있고 갇혀 있는 도시 생활보다는 흙을 밟고 만지며 살아야겠다고 결심했다. 모든 걸 잊고 공기 좋은 곳에서 종순과 마음 편히 살아갈 것을 꿈꾸며 고향으로 가자고 다짐하고 있었다.

잠에서 깬 용갑은 차머리를 요양원으로 돌렸다. 어느덧 차는 요양원 안으로 들어서고 있었다. 용갑은 종순이가 있다는 병실 문을 열었다. 종순은 침대 위에서 새우등같이 구부린 채 죽은 듯이 자고 있었다. 용갑은 달려들어 종순을 으스러지게 끌어안았다. 잠이 깬 종순은 화들짝 놀라 아빠, 아빠 하고 부르며 아기 소리를 내며 매달렸다. 둘은 침대에서 얼굴을 비비고 꼬집어가며 서로를 확인했다. 용갑은 잘못했다고 수없이 빌었다. 서로가 기쁘고 반가워서 어쩔 줄 몰랐다. 용갑은 종순을 한동안 끌어안고 있었다.

종순을 차에 태운 용갑은 고속도로로 들어섰다. 운전하면서도 종순에게 수없이 잘못했다고 말하고 있었다. 이젠 하늘이 두 쪽 나도 절대로 혼자 두지 않겠다고 다짐했다. 종순은 고맙다고 연신 고개를 끄덕였고 차는 한참을 달리다 국도로 들어서고 있었다. 어디로 가는 것일까, 종순은 알 필요도 없다. 지금까지 믿고 살아온 단 한 사람은 용갑뿐이다. 이젠 죽어도 남편 손에서 죽고 싶은 종순이었다.

몸이 아프면 가장 그리웠던 사람이 용갑이었다. 잠에서 눈을 뜨면 아무도 없을 때 남편을 찾은 종순에게는 공포의 밤이 계속되었고, 온다는 날에도 용갑은 오지 않았었다. 종순은 발버둥치며 용갑을 찾았다. 그러는 사이 치매는 점점 악화된 것이었다.

종순은 지금 함께 가고 있는 용갑이 차라리 죽여줬으면 좋겠다고 슬픈 눈으로 용갑을 쳐다보고 있었다. 그 눈빛을 용갑은 안다. 용갑은 또 결심한다. 이젠 죽어도 절대로 떨어지지 않겠다고 잠시도 혼자 두지 않겠다고. 그런 마음을 아는 듯 종순은 연신 고맙다고 고개를 끄덕였다.

종순은 용갑이 없이는 살 수 없다. 용갑 또한 단 일순간도 종순과 떨어져 산다는 것을 생각해본 적이 없다. 말은 안 해도 둘은 늘 같은 생각이다. 발파 일을 마무리 해주고 온 사이 종순의 치매는 더욱 심해진 것이다. 하지만 용갑은 회사가 고마웠고 나이 먹은 자신을 인정해주는 사람들이 고마웠다. 세상은 아직 살 만하다고 용갑은 생각했다. 용갑은 종순을 태우고 고향으로 들어서고 있었다.

용갑은 강원도 산골에서 화전민의 아들로 태어났다. 집 뒤에는 깎아진 절벽이 있어 더 갈 수 없는 막다른 집이다. 멀리서 보이는 집은 안채, 외양간과 뒷간만 있을 뿐이다. 모두 초가로 된 작은 오두막집이다. 어렸을 적 용갑은 밤이 되면 밖을 나가지 못했다. 절벽 위에 바위나 집을 둘러싸고 있는 나무와 숲, 심지어는 집까지도 흉물스러운 모습을 하고 있었기 때문이다. 집 앞으로는 작은 계곡물이 언제나 졸졸 흘렀다. 절벽 밑에는 작은 샘이 있었는데 그 샘물을 먹고 살았다. 마당에서는 하늘만 동그라니 올려다보였다. 용갑이가 걸음마를 할 때쯤 부모 등에 업혀서 밭으로 올라가면 깔아놓은 멍석 위에서 용갑은 혼자 놀았다. 어려서부터 심성이 착해 배만 부르면 보채지 않고 잘 놀았다. 점심때가 되면 세 식구는 강냉이밥을 호박잎에 올려놓고 된장을 싸 먹었다.

엄마는 봄이 되면 이름 모를 산나물과 순을 꺾어 말려서 장에 내다 팔았다. 해가 지면 용갑은 부모 등에 업혀 집으로 왔다. 저녁밥을 할 때면 엄마는 흐릿한 등잔불 밑에서 저녁밥을 했고 아빠는 땔감을 마련해놓았다. 저녁을 먹고 나면 아빠는 석유 등잔을 입으로 불어서 껐다. 칠흑같이 어두운 밤은 흐릿한 불빛마저 빼앗아버렸고 석유를 아끼느라 등잔불 없는 어둠 속에서 밤을 보내야 했다. 용갑이가 어둡다고 울어대면 아빠는 금방 새벽이 훤하게 밝아온다고 달래줄 뿐이다. 석유가 아까워서라도 불을 못 켜지만 석유가 떨어지면 아빠는 장에 가서 사와야 했다. 아빠는 일 못 해 손해, 돈을 써서 손해라며 이런저런 이유로 등잔불을 껐다. 엄마는 달빛으로 설거지를 했고 등잔불 없이 부엌일을 했다.

용갑은 맨발로 흙을 만지며 자랐다. 봄이면 꽃과 새들이 찾아왔고 한여름에는 매미 소리가 좋았다. 장날이 오면 엄마의 한 손에는 커다란 보따리가 들렸고 또 한 손은 용갑이를 잡았다. 아빠는 지게 위에 알 수 없는 것들을 가득 싣고 우리 식구는 장을 보러 갔다. 초여름 날씨는 쾌청하고 맑았다. 엄마와 아빠는 난전을 시작했고 조그만 자루를 열 개도 더 펼쳐놓았다. 말려 온 묵나물과 햇나물도 있었다. 아빠는 여러 종류의 말린 약초잎이나 나무들을 잘게 쪼개서 다발로 묶어 왔다. 가시 돋

친 나무도 있었고 커다란 자루에는 감자가 가득 들어 있었다. 어느 아주머니는 엄마한테 반갑게 인사를 했다. 또 다른 아저씨는 아빠를 보고 좋아 죽을 만큼 반가워하면서 아빠 손을 끌고 나갔다. 다시 와서는 토막 낸 여러 종류의 나무 다발을 아저씨가 모두 담아 갔다. 아저씨는 약속이나 한 듯 돈을 꺼내 아빠한테 주었다. 다음 장에는 더 많이 가져오라고 부탁을 하면서 고맙다고 굽신거렸다. 아빠한테서는 술 냄새가 났다.

나중에 안 일이지만 아저씨가 가져간 것들은 한약재로 쓴다고 했다. 아빠는 빈 지게를 메고 나가 이것저것 장을 봐 왔다. 쌀, 밀가루, 석유, 호미, 낫, 그 외 필요한 물건들을 샀다. 아빠는 점심을 먹고 오라며 엄마한테 돈을 주었다. 엄마는 용갑이를 순댓국집으로 데리고 갔다. 그때 용갑이가 먹은 순댓국이 지금도 기억에 남아 있을 정도로 아주 맛있게 먹었다. 엄마를 아는 아주머니들이 우리 자리로 모여들어 조그만 자루 속 물건들을 만져보며 물건이 좋다고 흥정도 하였다. 엄마가 돈을 받을 때는 조금씩 더 넣어주었다. 팔다 남은 것들을 한곳에 모았을 때는 하루해가 넘어갈 때쯤이었다. 아빠는 남은 물건들을 싸고 동여매서 지게 위에 얹었다.

용갑은 엄마 손을 잡고 아빠 뒤를 따랐다. 아빠는 언제나 우시장 쪽으로 해서 집으로 갔다. 우시장에는 소들이 많았는데 아빠가 눈여겨보는 것은 늘 송아지였다. 오늘도 송아지 몇 마리를 가리키며 한 마리만 집으로 가져가고 싶다고 엄마를 쳐다봤다. 아빠는 송아지를 사고 싶어 했다. 어느 때는 사지도 않으면서 아빠는 수놈을 사야 하고 엄마는 암놈을 사야 한다고 다투면서 집으로 가곤 했었다.

용갑은 그 작은 오두막집에서 엄마 아빠와 행복하게 살았다. 초가집에 살면서 가장 잊을 수 없는 추억은 초등학교 다닐 때였다.

한겨울 짧은 해는 구름 속에 숨어 있어 낮에도 어둑했다. 아침부터 눈이 내렸다. 아빠는 바지랑대보다도 더 긴 나무들을 베어다 사다리 두 개를 만들었다. 엄마는 쉴 새 없이 눈을 쓸었다. 샘으로 가는 길과 장독대, 움막, 뒷간은 수시로 드나들기에 눈을 쓸어야만 했다. 눈은 그칠 줄 모르고 내렸다. 눈발은 종일 내리더니 그치지 않고 밤새도록 더 내렸다. 아침에 일어나 보니 집은 눈 속에 파묻혀 있었다. 아빠는 넉가래로 눈을 밀어내며 구멍을 뚫었다. 하늘이 파랗게 눈구멍으로 보였다. 눈에 묻힌 사다리로 올라가 지붕 위에 내린 눈을 퍼내기 시작했다. 용갑이도 아빠와 합세를 했지만 도움은 되지 않았다. 지붕에서 쓸어내린 눈은 마당과 뒤꼍에 가득했다. 쓸고 또 쓸어도 함박 눈은 며칠째 계속 내렸다. 우리는 집에서 한 발짝도 나갈 수가 없었다. 눈은 용갑이 키보다 훨씬 높이 내렸다. 세 식구는 집에만 갇혀 살아야 했다. 아빠 엄마는 날만 새면 눈과 씨름을 했다. 아빠의 걱정은 지붕에 눈이 쌓이고 쌓이면 지붕이 내려앉을 수 있다는 것이었다. 집이 무너지면 죽을지도 모른다는 상상이 떠나질 않았다. 그런 이유 때문인지 엄마 아빠는 더 열심히 눈을 치웠다. 아빠는 용갑에게 집을 빙빙 돌라고 했다. 아빠는 매일 아침 먹고 열 바퀴, 점심 먹고 스무 바퀴, 저녁 먹고는 서른 바퀴를 돌라고 했다. 아마도 눈을 녹이려는 방법이 아니었을까 하는 생각이 들었다.

눈 속에 갇혀 있는 동안 엄마는 여러 가지 음식을 만들었다. 감자 썩힌 물에서 하얀 녹말을 건져낸 다음 감자 녹말을 만들었다. 감자 녹말로 송편, 수제비, 전을 만들었다. 감자는 우리 집의 주된 양식이었다. 쌀은 거의 없었지만 감자밥, 옥수수밥도 먹을 때마다 달고 맛있었다. 엄마는 또 옥수수 가루로 올챙이 국수를 만들어주었다.

그렇게 우리 집은 한 달 가까이 눈 속에서 살아야 했다. 큰길까지 나가는 데 눈을 치우지 않아 장에도 갈 수도 없었다. 아빠는 집에 있으면서도 잠시도 쉬지 않았다. 봄이 오면 해야 할 일들을 준비했다.

시간이 있으면 낮이고 밤이고 새끼를 꼬아두었다 내다 팔았다. 엄마는 졸망졸망한 자루들을 만들어 장에 나가 팔 곡식들을 준비했다. 콩을 깨끗하게 고르고 말려두었던 나물도 하나하나 끄집어내 손질하고, 아빠는 송아지를 산다고 내다 팔 물건들을 준비하고 있었다.

송아지 사러 가는 날이다. 겨우내 나가지도 못하고 집에 모아둔 장사할 물건들을 차곡차곡 지게에 얹었다. 보통 때보다도 훨씬 많아 보였다. 아빠에게는 산에서 캐서 말린 약초 뿌리와 잎이 많았고 엄마에게는 말린 나물들이 많았다.

겨울이 끝나고 처음 서는 장이라 집에 갇혀 있던 사람들이 많이 나와 북적거렸다. 우리를 가장 먼저 찾아온 아저씨는 약초 아저씨다. 아저씨는 다른 한 사람을 데려와서 아빠가 가져온 약초들을 하나하나 일일이 헤아려가며 모두 실어 갔다. 그러면서 다음에 가져올 다른 물건을 주문하고 갔다. 사람들이 많이 나오니까 장사가 잘되었다. 아빠 엄마는 신이 나게 모든 걸 다 팔아버렸다. 아빠는 빈 지게였다. 우리는 순댓국을 먹고 우시장으로 곧바로 갔다. 아빠는 전과 다름없이 송아지를 찾았다. 우리는 돌아가며 송아지를 여러 마리 보았다.

아빠가 황소를 골랐다. 엄마는 마구 손사래를 쳤다. 전부터 송아지 때문에 다투던 이유는 엄마는 암놈을 선택했고 아빠는 수놈을 선택했기 때문이었다. 엄마는 암놈을 사서 어미가 되면 송아지를 한배 얻자는 것이고, 아빠는 소가 힘이 좋아야 밭에 써먹을 때가 있다는 것이다. 밭에 있는 돌을 뽑아 밭두렁을 쌓아야 하고 겨울에 땔 나무도 충분히 집으로 가져와야 한다고 성화를 했다. 하지만 엄마는 그 많은 일을 한꺼번에 할 일이 아니라며 한 해에 다 못하면 또 다음 해에 하고 급하게 서두를 일이 아니라고 했다. 기어코 엄마가 이겼다. 용갑이가 생각해도 아빠 말이나 엄마 말이나 모두 옳은 것 같았다. 아빠가 마음을 돌려 암놈으로 골랐다. 송아지 주인과 가격을 절충했다. 아빠는 한참 동안 송아지 대금을 흥정했으나 돈이 모자랐다. 아빠는 송아지 주인 상대로 더 이상 깎지 못하자 우리를 보지도 않고 어디론가 사라졌다. 엄마와 나는 그곳에 가만히 서 있을 수만은 없었다. 엄마와 나는 개천 둑으로 올라갔다. 거기서 약초 아저씨를 만났다. 엄마가 다급히 아빠를 물으니까 우시장 사무실로 갔다면서 왜 그러냐고 아저씨가 물었다. 엄마는 있었던 그대로를 말했다. 약초 아저씨는,

"돈이 모자라는데 우시장 사무실을 왜 가지?"

했다. 약초 아저씨는 우리를 데리고 우시장 사무실로 갔다. 우리가 사무실로 들어갔을 때 엄마와 나는 깜짝 놀랐다. 뚱뚱한 사람은 의자에 앉아 있고 아빠는 땅바닥에서 무릎을 꿇고 있었다. 뚱뚱한 사람은 연신 담배를 뻐끔뻐끔 피우고 있었다. 두 사람은 아무 말도 하지 않고 있었다. 약초 아저씨가 뚱뚱한 사람 앞으로 다가서더니 손을 휘저으며 이 사람이 무엇을 잘못했냐고 물었다. 뚱뚱한 사람이 벌떡 일어나 잘못한 것이 아무것도 없다고 했다. "그럼 왜?" 하고 소리치자 아빠가 일어나 약초 아저씨 팔을 잡았다. 아빠는 눈이 벌게지도록 울고 있었다.

약초 아저씨는 잘못한 것이 없으면 나가자고 아빠를 데리고 나왔다. 엄마와 용갑은 아빠 뒤를 따랐다. 다시 송아지 있는 곳으로 왔다. 약초 아저씨는 송아지 주인과 차분히 대화를 주고받았다. 그러더니 아빠한테 있는 돈과 자기 돈을 합쳐서 송아지 주인에게 주었다. 송아지 고삐를 받아서 용갑에게 주었다. 약초 아저씨는 아빠한테 나중에 계산하자며,

"소 같은 놈이 돈을 빌려주겠나?"

하고는 아빠를 한번 쳐다보고는 뒤도 안 보고 사라져버렸다. 용갑은 송아지 고삐를 잡고 앞에 걸었고 아빠는 뒤에서 터벅터

벅 따라왔다. 용갑은 송아지 고삐를 잡고 집으로 오면서 생각했다. 아빠가 뚱뚱한 사람 앞에서 무릎을 꿇고 눈물을 흘린 것은, 약초 아저씨의 '소 같은 놈이 돈을 빌려주겠냐?'라는 말로 미루어 볼 때, 아빠가 돈을 빌리러 간 것임을 알 수 있었다. 갑자기 아빠가 가엾다는 생각이 들었다. 그렇게까지 하면서 송아지를 사야 하는 이유를 알지 못했다.

용갑이가 중학교를 졸업했을 때 아빠가 말했다. "말은 낳으면 제주도로 보내고 사람은 낳으면 서울로 보내라는 말이 있다."

그 말에 굴복하여 용갑은 서울에 있는 고등학교에 입학을 했다. 아빠는 용갑을 도회지로 보내면서 소와 송아지를 팔고 모아둔 돈으로 서울에 있는 학교를 보냈다. 가장 싼 방을 전세로 얻은 이유는 돈에 맞게 방을 얻었기 때문이다. 용갑은 소를 파는 일이 가슴 아팠다. 용갑이는 학교만 갔다 오면 송아지를 끌고 풀이 많은 곳으로 옮겨다녔다. 새끼를 낳을 때까지 한 식구처럼 지냈는데 아빠는 어미와 새끼를 다 팔아버린 것이다. 용갑은 맨 처음 송아지 살 때 아빠가 뚱뚱한 아저씨 앞에서 무릎 꿇고 있는 모습이 떠올랐다. 지금에 와서 생각해보니 아빠는 나를 도회지에 있는 학교에 보내려고 미리부터 계획한 것이 아니었을까 하는 생각이 들었다.

어려운 시골 형편에 서울에서 고등학교를 다닌다는 것은 상상도 할 수 없는 일이었다. 학비를 벌어서 다녀야 했고 비탈진 산등성이에 수돗물도 안 나오는 허름한 판잣집에서 학교를 다녀야 했다. 용갑은 자취 생활을 했다. 굶기를 밥 먹듯 했고 추운 겨울 아침에 일어나 숙제를 하려고 잉크를 찍으면 잉크병이 얼어붙어 펜촉을 쓸 수가 없었다. 연탄불이 꺼지면 주워다놓은 나뭇가지로 연탄불을 피웠다. 그러면 주인집 아주머니가 나와 벽과 천장이 그을린다고 소리를 쳤다. 이런 날은 아침밥도 못 해 먹고 학교로 갔다. 물지게를 지고 계단을 내려가 공중 수돗물을 지고 올라오다 용갑은 몇 번을 넘어졌다. 용갑은 여름 교복이 한 벌뿐이었다. 비에 흠뻑 젖은 날은 교복을 꼭 짜서 널었으나 아침에 마르지 않을 때가 많았다. 젖은 교복이 몸에 감기면 몸으로 옷을 말리며 학교에 가야 했다.

여름 장마가 몹시도 지던 날 주인집 아저씨는 화장실에서 똥을 퍼다가 마당 하수구에 부었다. 똥이 내려가지 않으면 긴 막대로 쑤셔가며 흘려보냈다. 아저씨는 하수구 구멍이 터지도록 계속 퍼다 부었다. 냄새가 진동했다. 다른 집에서도 냄새가 풍겨왔다. 용갑은 처음 보는 일이었다. 주인집 아저씨는 이달은 화장실 치는 값이 없다고 일러주었다.

용갑은 너무나 배가 고파 소금을 몇 알 털어넣고 수도꼭지만 보이면 아무 데서나 입을 대고 들어가는 대로 물을 마셨다. 배고픔을 그렇게 달랬다. 석간신문 배달이 끝나면 곧바로 자전거를 끌고 빵 배달을 나갔다.

그렇게 고등학교 졸업을 하고 입대를 했다. 배고픔은 군대나 사회나 별 차이 없었다. 점호를 시작하기 전 PX에서 돈을 내고 빵을 받아 손에 들면 호주머니에 들어갈 새 없이 옆의 놈이 낚아채 도망을 쳤다. 용갑은 죽기살기로 놈을 쫓아갔다. 도망가는 놈은 두 개 중 한 개를 던지고 더 빨리 도망간다. 용갑은 한 개를 주워들고 허겁지겁 뜯어 먹었다. 혹독한 추위 속에서도 훈련은 받았다.

용갑은 떨어지고 해어져 더는 꿰맬 수도 없는 너덜너덜한 군용장갑을 끼고 있었다. 장갑 한 짝을 잃어버린 줄도 모르고 내무반으로 들어갔다. 잠시 후 교관이 내무반으로 들어왔다. 떨어진 장갑 한 짝을 들어올리며 주인을 찾았다. 용갑은 손을 번쩍 들었다. 교관은 장갑을 던져주고 용갑을 엎드리라 하고는 군수품을 소홀히 알고 잃어버린 죄라며 야전 도끼자루를 뽑아서 '빳다'를 쳤다.

당시만 해도 너무 가난한 군대 생활이었다. 사격 훈련이 끝나고 쏜 만큼 탄피를 반납해야 한다. 탄피 하나는 피 한 방울이라며 부모님이 고생해서 보내준 피와 땀이고 나라에 귀중한 재산임을 명심하라고 '빳다'를 치기도 하였다. 용갑은 교관이 고마웠다. 허기진 배로 분명 밤잠을 설칠 텐데 '빳다'의 아픔으로 배고픔을 잊을 수 있었기 때문이다. 그날은 깊은 잠에서 일어날 수 있었다. 물자가 늘 부족했던 시대에 군 생활을 마쳤다.

용갑은 군에서 발파병이었다. 제대하고 용갑은 건설회사에 취직했다. 어머니의 가르침은 '개같이 벌어서 정승처럼 살아라'였다. 그렇게 개같이 사는 것에 너무 시달렸고 참을 수 없이 힘들었던 건 배고픔이었다. 배고픔을 잊으려고 무슨 일이든 이를 물고 순응하며 참아왔다. 그렇게 젊은 날을 열심히 노력하고 일하며 배고픔을 이겨냈다. 시간을 낭비하고 허무하게만 살아온 지난날은 결코 아니다. 가난한 세대를 두 번 다시 대물림하지 않겠다고 잠도, 휴식도 마다하고 노력해왔다. 그런 덕분에 자고 나갈 둥지도 마련해놓고 거기서 자식을 낳아 배고픔을 모르게 키워왔다.

지금에 와서 뒤돌아보면 용갑은 이루어놓은 것이 아무것도 없었다. 출세도, 성공도, 부(富)도, 어떤 희망이나 꿈도 성취한 것이 하나도 없었다. 살아오면서 남은 거나, 인생에 있어서 본전은 있어야 하는데 개뿔도 남는 게 없었다.

인생은 정말 개뿔도 아니다. 용갑은 허탈한 마음으로 지는 해를 바라보며 서글픈 생각에 눈물을 흘렸다. 깎아진 절벽이 종순을 업고 있는 용갑을 부르고 있었다. 종순이가 너무나 불쌍했다. 용갑에게 남은 것은 등에 업힌 종순과 앞을 흐리게 하는 늙음뿐이다.

'집으로 돌아갈까.'

용갑은 자식이 떠올랐다. 용갑이보다는 종순이가 얼마나 더 귀하게 키운 자식인가. 자식은 늦게 장가를 가서 손주를 낳았고, 어렵게 직장을 다니며 가정을 꾸려가고 있다. 서민들이 살아가는 가정의 자식이라고 스트레스가 없겠는가. 날만 새면 돈 쓸 일이 생겨나는 생활에, 쥐꼬리만한 월급에 며느리도 힘들었을 것이다. 시어머니는 시어머니대로 눈치 보며 살았을 것이다. 용갑이 또한 일손을 놓은 노인이다. 두 늙은이가 자식한테 얹혀사는 꼴이 되었다. 이번 일만 해도 부모가 치매로 병원에 있다가 다시 집으로 돌아가면 자식이 보는 부모님과 부모가 생각하는 자식은 보이지 않고 불신만이 오갈 것이다. 지금 종순은 공기 좋은 곳에 풀어놓고 마음대로 소리치고 놀게 해줘야 한다. 용갑은 아무리 생각해도 답이 나오지 않았다. 긴 한숨을 쉬었다.

갈 곳이 없다. 오라는 곳은 어디에도 없다. 어떻게 해야 하나? 어디로 가야 하나? 물어볼 데도, 가르쳐주는 사람도 이 세상엔 아무도 없었다. 용갑은 주저앉았다. 종순을 끌어안고 소리 내어 울었다.

"어-으, 어-으, 으어!"

늙은 늑대의 울음소리처럼 처절하게 몸부림쳤다. 어릴 적 꿈을 키웠던 초가집은 무너져내렸고 방바닥엔 서까래만 덩그러니 누워 있다. 옛날에 쓰던 보잘것없는 조각들이 뒹굴고 있었고, 외양간 뒷간도 허물어져 있었다. 엄마 아빠와 행복했던 추억들이 자꾸만 가물거렸다. 그 시절 추억만은 어쩔 수가 없었다. 용갑은 자리에서 벌떡 일어났다.

종순을 힘껏 들추어 업고는 어둠 속으로 걸어나갔다. 등에 업힌 종순이가 용갑의 목을 꼭 끌어안았다. 엄마 아빠 무덤이 있는 저쪽 어딘가에서 '비키[1]'가 부르는 '화이트하우스[2]' 노래가 들려오는 듯했다. 땅거미가 어둠을 몰아 오고 있었다.

---

1) 1980년대 영국계 홍콩 여자 가수
2) 어릴 때 자랐던 낡은 하얀 집에 대한 노래

난 전(亂廛)

기차는 쉬지 않고 어둠을 헤쳐 가고 있었다. 석구와 진희는 서울행 열차 속에 나란히 숨어들었다. 그들은 깍지 낀 손에 힘을 주었다. 진희가 더 힘껏 쥐면서 입을 열었다.

"웬일로 어려운 결단을 내렸지, 사전에 말도 없이?"

석구는 긴 한숨을 토해냈다.

"까치집을 짓다가 지쳐서 결단을 내렸어!"

"왜 하필이면 까치집이야! 이왕 짓는 거 기와집을 짓지 않고?"

듣는 둥 마는 둥 침묵이 흘렀다.

"말을 해봐, 어떤 변명이라도. 왜 하필이면 까치집이냐고?"

"진희야 사랑해!"

석구가 고백했다.

"그런 말은 나도 할 수 있어. 또 하려거든 잠이나 자든가. 도망가는 주제에 사랑은 어울리지 않아!"

침묵이 무겁게 내려앉는다. 진희가 답답하다는 듯이 석구 옆구리를 쿡 찔렀다.

"갈 곳은 정한 거야?"

"정했으니까 기차를 탔지. 그 전에 몇 번 가본 적이 있어서."

"거기가 어딘데?"

"시장이야."

석구는 시선을 창밖으로 돌린 채 말이 없었다. 진희는 지금은 찬밥 더운밥 가릴 때가 아니라면서,

"그래! 까치집은 왜 지었냐고? 그게 우리 가는 거하고 무슨 관계가 있는데?"

석구가 진희의 손등을 눈으로 가져갔다. 석구가 큭! 하고 흐느꼈다. 진희 손등에 석구의 눈물이 질퍽했다.

"무슨 일이야, 울고 있잖아! 그렇게 약해서 어떻게 살아가려고. 까치집을 짓다가 잘못된 거 아냐?"

어제 석구는 읍내를 나갔다 왔다. 비바람이 불고 천둥 번개도 쳤다. 빗속에서 까치 울음소리가 들렸다. 아카시나무 숲을 지날 무렵 두 마리의 까치가 마구 짖어대고 싸우는 듯이 위로 솟구쳐 올랐다가 아래로 내리꽂으며 악을 쓰며 울어댔다. 울어대는 까치 소리에 자신도 모르게 소리 나는 쪽으로 이끌려 가고 있었다.

가까이 가서 보니 나뭇가지를 물고 오르락내리락하며 쌓고 있었다. 까치는 비를 맞으며 태풍도, 바람도, 천둥소리도, 번개도 아랑곳하지 않았다. 바람 속에서 나뭇가지를 물고 올리다 떨어트리면 함께 내려가 물고 와 쌓고 있었다. 나뭇가지가 굵어서인지 자꾸만 떨어트렸다. 날개가 바람에 휘날렸다. 몸은 빗줄기에 휘청거리고 주둥이로 안 되면 발로 집어올렸다. 빗줄기는 더욱 심하게 굵어졌다. 날갯짓으로 몸을 날려 죽기살기로 악을 쓰며 나뭇가지들을 물어올렸다.

석구는 그날 밤 잠속에서 까치들을 만났다. 꿈속에서 까치처럼 집을 짓기 시작했다. 기둥 넷을 진희와 옮겨 왔다. 땅을 파고 기둥을 세웠다. 기둥 위에 서까래도 올렸다. 바람이 불고 회오리가 쳤다. 번개가 번쩍하며 천둥소리가 요란하게 들렸다. 올려놓은 서까래에 벼락이 치면서 기둥이 힘없이 무너져내렸다.

다시 땅을 파고 기둥을 묻었다. 흙이 모두 패여나갔다. 파놓은 구덩이마다 물이 가득 고였다. 석구와 진희는 흙탕물을 뒤집어 쓰고 빗줄기로 세수를 했다. 조금도 힘이 들지 않았다. 화도 나지 않았다. 석구는 웃으며 땅을 파고 다시 기둥을 세웠지만 세워놓은 기둥이 도로 쓰러졌다. 한 개의 기둥도 세우지 못했다. 진희가 깔깔거리며 웃자 석구도 따라 웃었다. 밤새도록 꿈속에서 기둥과 싸웠다. 쓰러지면 또 세우고 그러다 잠이 깨었다.

아침에 일어난 석구는 뒷동산을 힘껏 뛰어올랐다. 떠오르는 해를 보고 소리질렀다. 까치처럼 진짜 집을 지을 거라고, 진희와 고향을 떠나겠다고 떠오르는 태양 아래 맹세를 했다. 요즘 들어 석구네 집과 진희네 집은 자주 부딪치고 있었다. 양가의 의견대립으로 결혼 승낙은커녕 잘못하다간 부모님들한테 맞아 죽을 지경에 이르고 말았다. 그렇게까지 결혼을 반대하는 이유를 알 수 없었다.

석구는 낮에 대충 준비를 마치고 진희와 읍내에서 만날 약속을 했다. 오늘 저녁에 기차를 타는 거라고, 여기까지 듣고 있던 진희가 기뻐했다.

"까치가 고맙네."

"나도 까치처럼 집을 지을 거야."

"둘이 열심히 살자구!"

"잘 나왔어! 우린."

석구와 진희는 한 동네 살고 있으면서 남모르게 서로 사랑을 했다. 그 둘은 결혼을 결심하고 용기를 내어 부모님께 결혼 허락을 받으려 했으나 실패하고 말았다. 양가 부모님들 사이의 언짢은 대립이 석구와 진희한테 불똥이 튀고 있었다. 석구는 부모를 설득하려고 노력하다 설득이 안 되니까 진희와 다른 곳으로 도망가서 서로 사랑하며 살 것을 약속했다. 그러던 어느 날 석구는 까치들이 집을 짓는 것을 보고 용기를 얻어 진희를 데리고 고향을 도망치듯 떠났다.

하늘은 구름으로 가득 찼다. 마당에 나와 머리를 뒤로 제치고 쳐다봐도 하늘은 부엌 미닫이 문짝만 했다. 골목을 나와 올려다보면 조금 더 크게 보였다. 큰길로 나와야 하늘이 제법 넓게 보였다. 석구와 진희는 방 한 칸을 사글세로 얻었다. 방을 얻기까지 어렵고 힘든 고비를 여러 번 넘겨야 했다. 둘은 도망쳐 이곳으로 숨어들어와 교회에서 새벽을 보냈다. 둘은 결혼식 없이 혼인신고만 하기로 하고 서둘러 나왔다. 양가 부모님들의 알 수 없는 입담으로 구설수에 오르내리는 상황에서 떠날 수밖에 없었다.

둘은 작심을 하고 집을 떠나려 약속을 했다. 집을 떠나려면 얼마간의 돈이 있어야 움직일 수 있다. 그래서 석구는 조금씩 돈을 모으고 있었다. 석구와 진희는 자칫 잘못했더라면 양가 부모님 등쌀에 억지로 헤어질 뻔했다. 심지어는 사돈 간에 소 같은 놈, 도둑놈, 뭣 같은 놈 하고 막말까지 나왔다. 사태가 급박해지자 둘은 고향을 서둘러 떠날 수밖에 없었다.

방을 얻은 집은 몇 발짝만 나가도 재래시장으로 연결되는 골목에 있다. 집에서 나가고 들어올 때 보이는 것은 오르지 간판들뿐이다. 시장 골목으로 들어가지 않고 큰길로 나가자면 가장 먼저 마주 보는 간판이 한국냉동이다. 한국냉동 박 사장은 석구를 반갑게 맞아주었다.

오늘은 박 사장한테 톱과 망치를 빌려 왔다. 석구는 며칠 모아둔 나무 상자를 분리했다. 상자는 생선을 담았던 것이라 비린내가 배어 있었다. 깨끗하게 닦아 말려놓은 판때기로 저금통을 만들었다. 맨 위에 동전을 넣고 동전을 끄집어낼 때는 밑에서 열면 인에 있는 동전이 모두 나오게 만들었다. 상자를 벽에 붙여놓고 매일 오십 원씩을 넣겠다고 진희에게 말했다. 재산목록 1호라며 동전을 모아서 집 장만을 하겠다는 것이다. 월말이 되어서야 석구는 마을금고 통장 하나를 진희에게 주었다. 거기엔 하루 오십 원씩 한 달 동안 넣은 천오백 원이 들어 있었다. 도장과 통장을 진희에게 맡겼다.

집에서 우측으로 빠지면 작은 공구상이 줄지어 있다. 여러 종류의 공구상 간판들이 꼬리를 물고 붙어 있다. 공구상 건너편엔 공원이 있다. 공원이 되기 이전엔 시립 병원이 있던 자리였다. 공원에서 동쪽으로 걸어가면 오거리가 나오고 서쪽으로 내려가면 재래시장 뒤편이 된다. 여러 가지 기계 상가가 들어서 있다. 재래시장 뒤편으로 쭉 들어가면 중장비 부품 가게가 많은데 중고 부품 부속상이 골목마다 들어서 있다.

석구와 진희가 처음으로 이곳에 왔을 때는 시장에서 무엇을 하더라도 개미처럼 열심히 살면 밥이야 굶지 않겠지 하는 작은 소망으로 들어왔다. 석구와 진희는 무슨 일이고 일거리를 찾아야 했다. 석구는 노동이나 남의 가게에서 일을 봐 주는 일을 했다. 취직은 하지 않았다. 진희가 식당 일을 하는 것도 원치 않았다. 그는 오직 장사하는 것만 생각했다. 자본금도 없으면서 늘 장사만을 고집했다. 석구는 시장 끝에서 난전(亂廛)이 서는 것을 찾아내고는 얼마나 좋아했는지 모른다. 그 시장은 새벽에만 섰다가 아침 해가 뜨면 사라지는 불빛 없는 새벽 장이다. 개천을 복개해놓은 곳이었다. 남의 집 가게 앞에서 장사를 하다가 아침에 가게 주인이 나올 시간쯤에 자연스럽게 하던 장사를 치워주면 되는 새벽 장이 서는 곳이다. 새벽 장을 찾은 사람들은 거의 식당을 하는 사람들이고 어둑어둑한 길에서 사고팔다 보니 이른 새벽엔 얼굴조차 보이지 않는다. 좋은 점은 가게 세가 없다는 것이다. 물건은 거의 식당에서 쓰는 식자재로 채소 종류들이다.

새벽 시장은 대부분 현찰 장사이다. 잊지 말아야 할 조건은 물건값이 싸야 한다는 점이다. 그래야 손님이 붙는다. 장사를 하는 데는 긴말이 필요 없다. 대충 눈으로 보아 싱싱하고 야채 가격이 저렴하기만 하면 거의 그냥 흥정이 끝나버린다. 이렇게 좋은 장사 터가 있다니, 석구는 낮엔 서울 근교 채소밭에 가서 일도 해가며 물건을 저렴하게 구입했다. 구입한 물건들을 집에 갖다 두었다가 새벽이 되기 전에 난전으로 옮겨놓고 진희와 새벽 장사를 했다. 난전 자리를 못 잡을 것 같으면 밤 열두 시에 들고 나가 새벽을 기다렸다. 난전에서 집이 가까우니 장사하기에 딱 좋은 곳이다. 사람 죽으라는 법 없다고 장사 밑천은 새벽에 팔 물건값만 있으면 하루 장사를 할 수 있는 셈이다. 석구는 아침 장사가 끝나면 곧바로 밭으로 달려가 날품을 팔았다. 그리고 품삯 대신 물건을 떼어 왔다. 물건 값은 그보다 더 저렴하게 가져올 수 없는 가격으로 가져오면서 새벽에 찾아주는 손님에게도 싼 가격으로 팔았다. 생각 외로 장삿길이 터지고 있었다. 석구는 가격으로 승부를 내고 있었다. 여기에 따라올 사람은 아무도 없었다. 세상에 어떤 장사꾼이 물건 값을 남들보다 싸게 판단 말인가. 석구의 물건 값엔 낮에 밭에 나가 일을 해준 노동력이 들어가 있다. 이것을 아는 사람은 오직 진희밖에는 아무도 모른다. 채소 장사는 먹는 장사이다. 매일 먹는 푸성귀를 석구는 잘 선택했다. 품목이 늘어남에 따라 장사의 방법도, 받아 오는 곳도 달랐다. 너무 먼 곳은 운반비 때문에 가격이 맞질 않았다. 석구는 욕심을 내지 않고 가짓수도 늘리지 않았다. 채소류도 계절별로 다양했으나 꼭 가져다달라는 품목 외에는 욕심을 내지 않았다.

손해 보는 장사도 있었다. 물건을 떼어다놓고 새벽이 되기도 전에 비가 오는 것이 가장 고통스러웠다. 집이 가까우니 옮겨놓기는 하지만 물건을 소비하는 일이 문제였다. 물건 값도 제값을 받을 수도 없었고, 물건을 넘길 곳이 어디에도 없었다. 어두운 새벽에 만나는 손님들이라 식당을 물어보거나 사람을 사귀는 일도 없었다. 그렇기 때문에 물건을 떼어다놓고 비가 오면 물건을 팔지 못해 가장 고통스러웠다.

그럴수록 석구는 더 열심히 장사하는 방법을 찾아야 했다. 몸만 올라온 본인의 입장을 잘 알고 있었다. 불평 하나 없이 잘 따라주는 진희에게 늘 고마웠다. 힘이 들고 고단해도 진희는 잘 참아주었다. 석구는 비가 올 때 이리저리 자리를 옮겨 다닐 때마다 고향의 까치집을 생각했다. 까치는 바람 불고 비 오는 날, 천둥 번개를 두려워하지 않았다. 까치가 가장 바람이 센 날 집을 짓는 이유를 차츰 깨달아가고 있었다.

비가 올 때면 석구는 채소를 보따리에 싸들고 식당마다 좋은 것만 들고 다니며 주문을 받아 와 집에 있는 물건들을 하루 종일 배달하며 팔았다. 비 온다고 장사를 안 할 수도, 게을리할 수도 없는 처지였다. 새벽 장사는 부지런해야 할 수 있다. 석구는 잠이 좀 부족하면 낮에도 잠깐씩 눈을 붙였다. 누워서가 아니라 십 분, 이십 분 순간적으로 앉아서도 쪽잠을 잤다. 난전이 좋은 것은 또 하나 있다. 새벽 장을 끝내고도 낮에도 능력에 따라 맘만 먹으면 장사를 하든, 딴 볼일을 보든 할 수 있다. 석구는 비 올 때를 대비해서 낮에 제법 큰 식당들을 알아두어야겠다고 생각했다.

새벽에 만나는 손님들을 단골로 할 수는 없다. 손님들은 시간이 없기 때문이다. 채소시장만 보는 게 아니고 여기가 끝나면 곧바로 수산시장으로 가야 한다. 새벽 손님들은 바쁘게 움직인다. 우선 손님이 붙으면 단숨에 잡아야 한다. 말이 필요 없다. 빠르게 판단하고 줄 거야, 말 거야, 팔 거야, 말 거야 하면 얼른 비닐봉지를 벌려야 한다. 한 번 말한 가격을 깎자거나 덤으로 더 달라는 말은 없다. 오히려 더 주면 이상하다. 잘못 판단하여 물건이 물이 안 좋다는 인식이 들면 그냥 놓고 가버린다. 새벽은 아직 동트기 전이라 어둠이 깔려 있다. 더 줄 필요도 없고 깎아줄 필요도 없다. 손님 중에는 잠이 덜 깬 사람도 있다. 한번은 물건을 사고 돈을 주고는 지갑을 석구에게 내주며 돌아가려 할 때 석구가 소리질렀다.

"왜 나에게 지갑을 줘요?"

"그걸 그냥 갖지 백만 원도 넘을 텐데."

함께 온 손님이 말했다.

"싫으면 말구!"

지갑 준 손님이 받아챘다.

"농담이야! 잠이 좀 덜 깨서. 하하!"

장난처럼 들렸다. 석구는 어이가 없었다. 고맙다는 인사도, 내일 또 오겠다는 말도, 많이 팔라는 인사도 없이 어둠 속으로 사라질 뿐이다. 분명한 것은 난전을 찾아오는 손님은 값이 다만 얼마라도 싸고 물건을 어둠 속에서 사도 손해 볼 게 없기에 잠을 덜 자고라도 새벽 장을 보는 것이다. 난전은 시끄럽지 않다. 조용하게 사람들은 그림자처럼 움직이며 물건을 구입한다. 불빛이 없는 곳인데도 사람들은 용케 촉각을 곤두세워 자기 볼일을, 그것도 만족스럽게 물건을 골라서 가져간다. 새벽잠을 설치면서 달려온 손님이나, 그 손님을 맞이하러 준비하는 상인이나 똑같이 돈 벌기 위해 노력하는 상인들이다.

석구는 날만 새면 돈을 벌기 위해 머리를 써야 했다. 채소를 많이 쓰는 거래처를 찾아야 했다. 단순히 비 오는 날만을 위해서가 아니라 돈을 더 벌어야 하기 때문이다. 단골 식당을 잡을수록 물건을 나르는 기동력이 있어야 한다. 석구는 쓰고 있는 손수레를 바꿀 생각을 했다. 작아서 물건을 많이 실을 수가 없다. 큰 것으로 바꾼다 해도 밭에서부터 물건을 실어 오려면 거리가 어림잡아도 10㎞가 넘는다. 짧은 거리가 아니다. 손수레에 물건을 싣기에 따라 다르겠으나 욕심만 내지 않으면 가능할 것도 같다. 주문받은 물건 외에는 더 싣지 않고 팔 물건도 줄일 생각이다. 그는 손수레를 교체하기로 마음먹었다.

난전에선 누구 하나라도 손수레 위에다 물건을 놓고 파는 사람이 없다. 단일품목 하나만 가져왔어도 바닥에 내려놔야 한다. 옆에도 근처에도 화물차라든지 손수레는 물론 어떤 운반 기구도 없다. 손님들은 어둠을 헤집고 다니기 때문에 옷에 걸려 다치기라도 하면 손님이 원하는 대로 물어줘야 한다. 그보다도 손님이 끊어지지 않을까 상인들은 고심초사(苦心焦思)한다. 석구와 진희에게는 없어서는 안 될 생활 터전인 셈이다. 손님이 오기 시작하기 전에 물건을 진열해놓고 손수레는 안 보이는 곳으로 치워야 한다. 특히 오늘 같은 날은 안개가 들어오고 있다. 안갯속 사람들은 그림자처럼 움직인다. 상인들이나 손님들은 할 말이 없다. 누군가 다가오면 바닥에 진열해 놓은 물건만 가리키면서 이건 얼갈이, 가지, 오이, 깻잎, 토란, 도라지, 부추라고 조용히 말해줄 뿐이다. 가을 문턱이라 종류가 많다. 석구와 진희는 연신 지나가는 손님을 놓치고 있지만, 손님은 끝까지 갔다가 다시 돌아온다. 아마도 오늘은 무엇이 나왔나 구경부터 하면서 매입할 채소를 어둠 속에서 점찍고 가는 것 같았다. 상인들은 마주 보고 장사를 하고 가운데 통로는 차가 간신히 비켜 가는 도로이다. 장을 보러 오는 손님들도 자가용이나 손수레를 갖고 들어오지 않는다. 새벽 장이 끝날 때까지는 서로가 조심하고 서로가 아껴주는 것 같다. 안개 속이라 난전이 길어지는 것 같지만 밤이 조금씩 길어지는 초가을이다. 안개가 끼는 날은 장사가 늦어진다. 석구와 진희는 가지고 온 물건들을 다 팔았다. 항시 남들보다 빨리 물건들이 팔렸다. 자리를 털고 바닥을 깨끗이 청소했다. 누구나 다 자기 자리는 깨끗하게 치운다. 내일도 또 오기 위해서다.

상인들은 같은 물건들을 가져오지는 않지만, 바닥에 내려놓고 보면, 거의 비슷한 물건을 팔고 있다. 철 따라 나오는 물건들은 비슷하고 한번 잘 사갔다 싶으면 그 손님이 또 오는 경우도 종종 있다. 가장 우선으로 따지는 것은 물건도 좋아야 하지만 가격이 저렴해야 우선으로 달려든다. 손님들은 값이 싸다고 해서 누구한테도 말해주지 않는다. 자신들이 싸게 샀으면 본인들만 알고 다음에도 찾아온다. 또 와서 싸게 달라고는 절대 말하지 않는다. 누구든지 싸게 팔기 때문에 손님들은 물건 값이 싸다는 건 소문을 들었거나 출발할 때부터 알고 찾아온다.

진희와 석구는 오늘 장사를 마치고 자리를 일어났다. 동쪽에선 아침 햇살이 삐죽 올라올 무렵이다. 누구보다도 먼저 자리를 털고 일어날 때마다 석구는 진희의 손을 잡아주었다. 고맙고 대견한 마음에서였다. 혼자보다는 둘이서가 힘이 덜 들었다.

손수레를 바꾸어 오던 날 석구는 깊은 잠에 빠졌다. 사용하고 있는 것보다 훨씬 더 큰 손수레는 물건도 몇 곱절 더 실을 수 있었다. 석구는 새벽에 팔 물건을 떼러 손수레를 끌고 집을 나섰다. 도시에서 살아가려면 도시를 알아야 한다. 왕복 4차선 도로는 오가는 차들로 가득하다. 석구는 처음으로 큰 손수레를 끌고 차들 속으로 파고들었다. 이 차선 도로로 손수레를 끌 때는 너무 빨라도 안 되고 너무 느려도 안 된다. 자꾸만 가까이 와 닿을 듯 서는 차는 택시들이다. 택시는 손님을 잡으려면 종종 도롯가로 차를 붙일 수밖에 없다. 오토바이, 자전거가 석구를 막아세웠다. 여기서 살아가려면 앞에 굴러가고 있는 모든 것들과 부딪치지 않고, 양보하며 친해져야 한다. 석구는 가는 목적지를 알아내기까지는 빈 수레만 끌고 가면서 길을 익혔다. 이렇게 큰 손수레를 끌어보긴 처음이다. 겁을 먹어서는 안 된다. 도시 속에서 살아가는 법을 배워야 하고 인색한 도시 인심을 비껴가야 했다.

석구는 힘차게 도시를 향해, 미래를 향해 질주하고 있다. 더 많은 차들이 오간다 해도 헤쳐 나갈 각오는 이미 되어 있었다. 도로 위를 내닫고 있는 그의 발소리는 걷는다기보다는 뛰는 것에 가까웠다. 석구는 지치지도 않았다. 힘이 솟아나고 용기가 생겼다. 희망이 넘쳐나는 미래로 가고 있었다. 걸으면 걸을수록, 뛰면 뛸수록 석구에게는 불같은 힘이 솟아나고 있었다.

다음 신호에서 우회전이다. 포장도로를 조금 지나다 보면 외딴 양기와집 몇 채가 보인다. 그 집에 비닐하우스 주인이 살고 있다. 본래는 넷이서 밭을 갖고 있었다는데 밭농사보다 비닐하우스 농사에 재미를 붙여 각자 한 동씩 늘리다보니 지금은 수십 동을 만들게 되었고, 넷이서 대단지를 형성하여 채소에 실험까지 하는 첨단 비닐하우스 단지로 조성해가고 있다. 그곳에서는 여러 종류의 채소, 과일이 재배되고 있었다. 자신들이 직접 재배하며 도매상을 겸하고 있다. 석구는 여기서 가끔 일이 있으면 일을 해주고 품삯으로 물건을 떼어다가 소매보다 조금 싸게 난전에서 판다. 집 앞을 지나 1t 트럭이 다닐 수 있는 비포장도로가 비닐하우스 앞까지 들어갈 수 있게 닦여 있었다.

하우스 앞에 세워두고 석구는 안으로 들어갔다. 손수레가 큰 만큼 물건을 가득 싣고 나왔다. 여러 종류 물건에 따라 비닐하우스 동도 달랐다. 석구는 필요한 물건들이 있는 하우스 동을 정확히 찾아다니며 필요한 채소를 들고 나왔다.

그는 내일 새벽부터는 더 많은 물건을 팔 수 있다. 석구가 실은 물건은 대부분 큰 식당에서 주문받은 것들이다. 그는 열심히 돈을 벌어야 했다. 석구는 맨주먹으로도 돈만 벌면 된다고 고집한다. 난전은 부지런하면 살 수 있다. 잠을 덜 자면 낮에는 또 다른 일도 할 수 있다. 석구는 처음에는 떼어 오는 물건들의 양과 가짓수를 늘리지 않았지만, 장사의 맛을 알고부터는 욕심을 내기 시작했다. 싸게 받아 온 물건들을 새벽에 다 팔아야 한다는 법도 없다. 해 온 물건을 새벽 장에서 모두 판다는 것은 무리라고 생각한다. 새벽 시장은 물건을 파는 시간이 짧기 때문에, 오가는 손님의 시선을 단숨에 잡아야 한다. 구태여 손님을 붙잡을 필요도 없다. 사란다고 사는 것도 아니다. 사는 사람들의 물건 보는 눈과 가격이 맞아야 산다. 어둠 속 장사는 사는 사람이나 파는 사람 사이에 말없이 흥정이 이루어진다.

석구는 팔다 남은 물건은 집으로 가져간다. 석구는 아침을 먹고 남은 물건을 손수레를 끌고 다니며 판다. 골목골목 다니며 소리를 친다.

"배추가 왔어요! 배추가!"

"무가 왔어요! 무가!"

"싱싱하고 싼 배추가 왔어요!"

월말이 되었다. 석구는 통장을 진희에게 내밀었다. 통장에는 매달 천오백 원씩 찍혀 있었다. 석구가 매일 오십 원씩, 자기가 직접 만든 저금통에 동전을 넣었다. 매월 말일이 되면 마을금고에 넣었던 통장이다. 하루 오십 원씩 계산했고 더 넣은 적도 없고 덜 넣은 적도 없다. 비가 오나 눈이 오나 빼먹지 않았다.

“언제까지 넣을 참이요?”

“5년 동안!”

석구가 대답했고 진희는 웃고 있었다.

“5년 후에 집 사겠네?”

석구와 진희는 배꼽 빠지게 웃었다.

“아니야! 5년 후에는 오백 원씩, 또 5년을 매일매일 넣을 거야!”

“5년이 끝나면?”

“오천 원씩 매일매일 5년을 또 넣을 거고”

“또 그다음엔?”

“매일매일 오만 원씩 5년이지!”

둘은 같은 말을 하고는 허리가 부러지도록 웃었다.

집 장만도 중요하지만, 진희가 아이 갖는 문제도 중요했다. 점점 나이를 먹어가기 때문이다. 전세방이라도 얻으면 아이를 낳을 거라고 약속했다. 자식은 점점 늦어져서 진희는 지금 사는 집을 전세로 돌리고 난 후에야 용남이를 낳았다. 석구는 열심히 돈을 벌어야 했다. 전세로 돌리는 데 부족했던 돈 때문이었다. 남의 가게에서 돼지 족발도 삶았다. 닭발집에서는 잠들기 전까지 뼈를 발라냈다. 진희와 석구는 손발이 맞았고 바쁘게 살았다. 용남이 덕분에 고단함도 잊었다. 석구와 진희는 내 집 하나 장만하는 것이 꿈이자 소원이다. 삶의 목표를 집 하나 마련하는 것으로 정하였다. 또 하나의 목표는 난전에서 시장 안으로 들어가는 것이었다. 새벽 난전 장이 싫어서가 아니라 사계절 내내 장사를 할 수 없기에 무리를 해서라도 시장 안으로 들어가려고 했다.

적은 돈으로 얻을 수 있는 가게는 시장통을 길게 가로질러 만들어놓은 좌판대들이다. 서둘러 좌판대 하나를 얻어야 했다. 진희를 새벽 난전에 나오게 할 수는 없다. 용남이가 있다. 더는 새벽바람에 눈비를 맞게 해서는 안 될 일이다.

석구는 힘들게 좌판대 하나를 얻었다. 시장 통로에 앞줄과 뒷줄로 짜여 있는 자리에서 상인들은 등을 맞대고 장사들을 하고 있다. 가게를 얻어놓고 석구와 진희는 얼마나 기뻐했는지 모른다. 비 오는 날에도 비는 맞지 않았다. 쏟아지는 비를 바라보면서 난전을 나가지도 못하고 물건을 끌어안고 발만 동동 구르던 때를 생각하면 지금 시장통에 얻은 좌판대 하나가 얼마나 고맙고 다행한지 모른다. 더구나 용남이가 자라면 비 안 맞고 들락거릴 수 있다. 석구는 세 식구가 어떻게든 이곳에서 뿌리내리고 살아갈 것을 결심했다. 특별한 욕심 없이 평범하게 살아갈 뿐이다.

자라나는 용남이를 어떻게 키워야 할지가 앞으로의 과제다. 용남이한테 큰 기대는 하지 않는다. 용남이가 공부를 한다면 대학이라도 보내겠지만, 공부를 못하겠다면 이 난전에서 장사를 시키면 된다. 이 시장에는 장사로 성공한 상인들이 많다. 얼마든지 맘만 먹으면 하고 싶은 장사를 할 수 있다. 돈이 없어서 못 할 뿐이지, 저 하기 나름이라고 석구는 늘 말했다.

석구와 진희는 고달프게 살아가면서도 가슴 한구석에는 멍이 들어 있다. 그것은 양가 부모님들이다. 마음은 늘 찾아가 뵈어야지 하면서도 한 해, 한 해를 보낼 뿐이었다. 몇 년이 흘렀어도 찾아뵐 엄두도 내지 못하고 있다. 그것은 단지 형편이 나아지면 하고 미루어둘 뿐이다. 진희도 석구와 같은 마음이다.

그러던 어느 날 젊은이 하나가 어르신 네 분을 모시고 용남이네 가게를 찾고 있었다. 젊은이는 석구의 친척 되는 사람이다. 어르신 두 분은 석구의 어머니, 아버지이고 다른 두 분은 진희의 부모님이다. 부모들은 자식을 보자 끌어안고 울부짖었다. 석구와 진희도 자기 부모들을 힘껏 부둥켜안고 통곡하고 말았다. 몇 년 만인가. 도대체 무엇이 잘못되어 부모 자식 사이도 나몰라라 벽을 쌓고 살아야 하는지, 석구는 석구대로 진희는 진희대로 눈물을 펑펑 쏟아내고 있었다.

좁은 시장바닥이 갑자기 사람들로 막혀버렸다. 마침 지나가던 한국냉동 박 사장이 석구와 진희를 부모님들로부터 떼어놓았다. 그리고 사람들이 지나가도록 권유했다. 석구와 박 사장은 부모님들을 집으로 모시고 갔다. 골목을 지나 부모님들이 대문으로 들어가는 뒷모습을 보고 있던 석구는 몸을 돌려 골목길을 내닫기 시작했다. 경찰에 쫓기는 죄인처럼 골목을 빠져나갔다.

박 사장은 방문을 열고 여기가 용남이네 방이라고 가리켰다. 거기엔 아기가 잠들어 있었다. 강석구 아들이라고 하자, 석구 어머니는 내 손주라고 하며 끌어안았다. 진희 어머니 또한 외손주라고 하며 같이 끌어안았다. 젊은이와 두 사돈은 방으로 들어갈 수가 없었다. 방은 너무나 작아서 발 하나 들여놓을 틈이 없었다. 그들은 하나같이 방이 너무 작다며, 방이 두 개는 있어야 한다고 입을 모았다. 박 사장은 한 손으로 눈을 비비며 대문을 열고 나갔다.

한참을 달리던 석구는 나무를 끌어안고 울고 있었다. 부모님들이 찾아온 걸 뭐라 했다. 결혼을 못 하게 만든 것도 원망했다. 그는 과거에 얽매이지 않았다. 모든 걸 잊으려 노력했다. 과거의 슬픔보다 다급한 현실을 극복해야 했다. 공원을 뒤로하고 돌아온 골목길로 다시 뛰기 시작했다. 눈물로 얼룩진 진희의 얼굴이 아른거렸다. 잠에서 깨어난 용남이 울음소리가 들리는 듯했다. 가게를 비워둘 수 없었다. 서둘러 가게로 돌아오니 진희가 있었다. 석구는 빨리 집에 가보라고 진희를 떠밀었다. 석구는 가게를 잠시라도 접어서는 안 된다고 생각했다. 팔다 남은 물건들을 정리해놓고, 옆에서 장사하시는 아주머니께 부탁을 했다.

그리고는 곧장 집으로 갔다. 집으로 오기를 잘했다고 생각했다. 진희는 용남이에게 젖을 물리고 있었고, 어머니와 장모는 진희 옆에서 연신 말을 주고받았다. 석구 아버지와 장인 그리고 젊은이는 마루에 앉아 있었다. 석구를 보자 진희가 말을 붙였다.

“저녁 준비를 해야겠어요.”

“어떻게 집에서?”

석구가 당황하며 얼굴을 좌우로 저었다.

"식당은 안 돼요!"

진희가 볼멘소리를 했다. 무엇이 안 된다는 말인가. 석구가 생각할 여유도 없이 진희는 하나하나 적어놓은 것을 읽어대듯 또박또박 말했다.

"숟갈, 젓갈 다섯 개, 밥그릇, 국그릇 다섯 벌, 가게에 있는 상추, 부추, 마늘, 양파, 쑥갓을 다듬어 오면 되고 밥상하고 가스렌지는 안집에서 빌리고!"

"좋은 생각이야."

석구가 만족해서 대답했다. 집에는 그릇도 숟가락도 없었다. 진희가 좋은 생각을 했다고 석구는 기뻐했다.

"저녁은 우리가 사마?"

시어머니가 말했다.

"안 돼요, 어머니!"

진희가 독살스럽게 대꾸했다. 서로 눈길도 주지 않고 보이지 않는 신경전이 오갔다. 시어머니와 며느리 사이에 처음으로 부딪는 쇳소리로 들렸다. 석구는 제발 이 자리만은 더 벌어지면 안 된다고 마음졸였다. 옆에 있던 진희 어머니가 끼어들며 말했다.

"우리가 저녁 살란다. 진희야?"

젖을 먹이던 진희가 갑자기 용남이 입에서 젖꼭지를 빼버렸다. 용남이를 바닥에 누이고는 벌떡 일어났다. 자기 엄마를 쳐다보고는 눈을 동그랗게 뜨고 쏘아봤다. 석구가 얼른 손을 내저었다. 용남이가 자지러지게 울어댔다. 고개를 숙인 진희가 아버지와 시아버지 사이를 헤집고 마루를 내려왔다. 석구가 앞장서 대문을 열었다. 그릇집으로 향했다. 석구는 아무 말도 하지 않았고 진희도 말 한마디 없이 뒤를 따랐다.

진희는 처음으로 맘에 드는 그릇만 골랐다. 밥사발, 국대접, 숟가락, 젓가락, 그것도 두 색깔로 시어머니와 시아버지는 같은 색, 친정어머니와 아버지는 또 다른 색으로 골랐다. 프라이팬을 하나 사고 밥상도 큼지막한 것으로 골랐다. 이참에 우리 것도 사자고 했지만, 진희는 고개를 좌우로 저으며 입을 다물었다. 석구와 진희의 것은 사기로 된 밥주발과 국대접이 아니었다. 가스렌지를 집어들었다. 가게에 들러 푸성귀도 이것저것 다듬었고, 정육점에 들러 삼겹살도 몇 근 사넣었다. 소주도 몇 병 넣고 작은 밀가루 한 봉지도 담았다. 부추전을 부칠 참이다. 부추전은 진희 어머니보다도 시어머니가 좋아하는 걸 기억하고 있었다.

저녁 장을 봐 가지고 들어가자 부모님들은 점심 먹은 지가 얼마 안 되었는데 벌써 저녁 준비냐고 했다. 하지만 진희의 속마음은 잘 방이 없으니 천천히 많이들 잡수시고 막차라도 타고 내려가셔야 한다는 계산이었다. 마루에는 저녁상과 식구들로 가득했다. 진희는 부추전을 부쳐서 시어머니한테만 올려놓았다. 시어머니가 흐뭇하게 웃으며 말했다.

"며늘아야! 너 말하는 것 봐서는 다신 안 오려고 했다만 손주 때문에 또 와야겠다!"

"예! 어머님 오셔야지요! 아까는 죄송했어요. 앞으론 안 그럴게요!"

진희가 고개 숙이며 인사를 했다.

"식당에서 먹는 것보다 열 배는 좋네요!"

진희 어머니가 끼어들자 진희가 눈을 찔끔하며 신호를 보냈다. 밥을 먹으면서도 모두 마음들은 가게에 가 있었다. 술을 마시다 말고 진희 아버지가 말했다.

"강 서방! 가게는 접어놓고 온 건가?"

"아닙니다. 옆에 아주머니한테 부탁하고 왔어요!"

석구가 장인에게 공손히 대답했다.

"그렇겠지. 접으면 안 되지. 오늘 장사가 아직 안 끝났으니까."

석구 아버지도 안다는 듯이 거들었다. 젊은이는 석구와 진희를 형님, 형수님이라고 불렀다. 여기까지 찾아오게 된 것은 자기 친구가 이곳 시장을 잠깐 들렀다가 형님을 봤는데 시간이 없어 인사도 못 하고 그냥 왔다는 소리를 듣고 아저씨, 아주머니한테 말씀드렸더니 여러 차례 부탁하셔서 이왕이면 양가 부모님과 함께 가시자고 날 받아서 왔다고 젊은이가 공손히 석구와 진희를 보며 머리 숙여 말했다.

"고맙네, 동생!"

석구는 다정하게 동생이라고 불렀다. 석구 아버지는 고모의 아들이라고 했고 석구가 이제 기억난다며 반가워했다. 젊은이가 집에 내려가 할 일이 있다며 어른들을 쳐다봤다. 어른들은 그 말이 떨어지자 서두르기 시작했다. 노인들을 모시고 버스터미널로 가겠다고 말했다. 진희가 뛰어나가 젊은이에게 차비를 주었다. 석구와 진희는 양가 부모님들이 웃으며 떠나는 것을 보고 고맙고 흡족했다. 부모님들도 용남이가 태어난 것을 대견해하며 축하해주었다.

꿈같은 하루였다. 숨이 살아온 지난 일을 부모님들 앞에 모두를 드러내 보였다. 석구와 진희는 시원하게 죄스러운 감정을 양가 부모님께 말씀드렸다. 석구는 결심했다. 앞으로 이십 년 후면 용남이가 스무 살이다. 그 해엔 꼭 집을 사겠다고 용남이 옆에서 진희와 약속을 했다.

후에 들은 이야기지만 진희 어머니는 진희가 숟가락도 없는 집에 시집갔다고 또 한 번 다투었다고 한다. 그리고 얼마 후에 사돈끼리 손주가 용남이 말고 또 있느냐며 훌훌 털고 잘 지낸다는 소식을 들었다.

석구와 진희는 행복했다. 그날 저녁 한국냉동 박 사장이 부모님들 가시는 걸 봤다면서 장사 끝나고 막걸리 한잔하자고 석구를 불렀다.

“박 사장님, 오늘 수고 많으셨습니다. 정말 감사합니다.”

“박 사장이라 하지 말라니까. 형님으로 부르라고, 내 동생이 하늘로 올라갔으니 석구가 동생이라고!”

“제가 감히 어떻게 형님이라고 부르겠어요?”

“그래, 알았네! 그럼 난 이만 가볼라네!”

“아닙니다. 그렇게 하겠습니다. 형님!”

박 사장이 화를 내고 술자리에서 일어나겠다는데 어찌할지를 몰랐다. 석구는 급한 마음에 형님이라 해버렸다. 침묵이 흘렀다. 둘은 잠시 고개를 숙이고 술잔을 쳐다봤다. 한국냉동 박형체 사장은 석구가 이곳으로 오던 날부터 따뜻하게 대해주었다.

석구 입장에서는 시간이 갈수록 박 사장의 도움을 받을 수밖에 없었다. 석구는 생활하면서 자주 부탁을 드리게 되어 어렵게 대하는 입장이었다. 특히 이곳 시장에 대해 잘 모르는 부분은 자세히 설명해주었다. 석구라고 해봐야 아무것도 가진 게 없는 빈털터리에다 아는 사람도 없는 떠돌이나 다름없었다. 석구는 믿는 거라고는 건강 하나만이 전 재산이고 부지런과 근면성이 전부였다. 자신이 생각해도 내일이라도 도망가면 그만인 강석구를 동생으로 부르고 싶다니 천만다행이고 고마울 뿐이다. 그런 석구를 알면서도 서로의 가정사도 조금씩 털어놓고 의논하는 사이가 되었다. 나이도 위였고 인생의 여러 면으로 경험도 많아 석구 입장에서는 과분한 형님인 셈이다. 형님이라고 부르기엔 턱없이 부족한 동생이라고 누차 말했으나 박 사장한테는 씨도 먹히지 않는 소리가 되고 말았다.

박 사장은 연탄불에 석쇠를 올려놓고 꽁치에 소금을 뿌려가며 굽고 있었다. 석구는 오늘 낮에 양가 부모님이 오신 모습을 보고 박 사장이 술자리를 말했으니 시골 분들의 모습이 어떠했으리라 짐작하고도 남을 일이다. 석구나 진희는 얼마나 황당했는지 모른다. 노인들이 들이닥쳐 울고불고 시장바닥에서 초상난 사람들처럼 난리를 쳤다. 마치 박 사장이 지나갔으니 망정이지 시장길은 막히고 사람들은 구경거리라도 난 것처럼 가다 말고 구경하고 있었다. 자식과 부모 사이를 떼어놓고 어른들을 집으로 모실 생각을 박 사장은 어떻게 했을까. 석구는 고맙기가 이루 말할 수가 없었다. 둘은 막걸리잔을 부딪치며 시원하게 한잔 마셨다. 오늘 있었던 일들을 하나하나 들어가며 고맙다고 인사를 했다.

석구는 지글지글한 꽁치를 떼어 형체 앞으로 올려놓으며 "감사합니다! 형님" 했다.

박형체는 석구가 들어보지도 못한 현실적이고 좋은 말들을 해주었다. 누구보다도 더 용남이를 걱정해주는 사람이 박 사장이었다. 집에다 재워놓고 둘 다 나가 장사를 할 수는 없는 일이라며 만약 아이가 집에서 자다 깨면 혼자서 울어댈 텐데 그렇다고 언제 깰지도 모르는 아이를 시장으로 안고 나갔다가 좌판대에 올려놓고 장사를 할 수도 없지 않으냐는 것이다. 용남이가 파는 물건과 같이 있으면 안 된다는 뜻이다. 아이를 키우며 장사하는 게 보통 어려운 일이 아니니 할머니가 두 분이니 한 분을 모셔다놓아야 한다는 이야기다. 문제는 노인이 거처할 방이 없는 게 큰 문제고 당장 방 두 개 있는 곳으로 이사를 하면 용남이 할머니 방 하나 쓰고 세 식구가 하나 쓰면 딱 좋은데 방값이 만만치 않을 거라고 박 사장은 석구를 쳐다봤다. 석구가 펄쩍 뛰며 급히 말했다.

“사글세에서 전세로 돌린 돈도 그냥 있습니다.”

어머니 한 분을 모신다는 건 말도 안 되는 소리라고 석구가 혀를 내둘렀다.

“시골 형편이 되면 부모님께 이럴 때 돈 좀 부탁해 보는 게 어떤가?”

“전혀 씨도 안 먹힐 소리입니다. 아무것도 없습니다. 세 식구가 함께 사는 거 떼어놓지만 않은 것도 천만다행입니다. 형님.”

“무슨 소리야, 동생은 딴 배 자식인가?”

“천만에요, 형님!”

석구가 펄쩍 뛰며 손을 내저었다.

용남이가 엉금엉금 길 때가 가장 위험하다고 했다. 기면서 아무거나 입에다 집어넣는 것은 어린아이 본능이고 뜨겁고 차가운 것도 모르면서 입에다 마구 댄다고 했다. 한 마디로 정신없이 입에 집어넣을 때가 위험한 시기고 그 시기를 부모가 잘 키워야 한다고 했다. 뜨거운 밥그릇, 국그릇, 주전자를 만져도 되는지, 안 되는지도 모르며 잡아당기는 것은 더욱 위험하니, 그 때는 어린아이 옆에 항시 사람이 붙어 있어야 한다는 것이다.

그러고 더 중요한 것은 아장아장 발을 떼어놓을 때 첫발이 중요하다며, 어린아이가 이 세상에 첫 출발을 내딛는 순간이기에 걸음마를 잘 시켜 다리에 이상이 없게 길러야 한다. 걸음마가 잘못되어 다치기라도 하면 부모 입장에서 얼마나 상심이 크겠냐고 말했다. 걸어다니는 두세 살짜리가 가게에서 왔다갔다하면 시장에 얼마나 많은 사람들이 다니는데 그중에 자식 없는 사람의 눈독을 피할 수는 없는 일이라고도 했다. 다시 말해 누군가 아이를 집어갈 수도 있다는 말이다. 시장에서 아이들을 가끔씩 잃어버렸다는 방송을 듣지 않느냐고 박형체가 말했다. 석구는 두 눈을 번뜩이며 막걸리잔을 비워버렸다. 놀란 사람처럼 석구가 다그쳐 물었다.

"형님, 어찌하면 좋지요?"

석구가 물었으나 박형체는 막걸리만 따를 뿐이다.

"좀 더 깊이 생각해보고 물어보게나!"

"깊이 생각하고 말 것도 없습니다. 이건 심각한 문제인걸요."

석구는 자기 입장을 이야기했다. 지금 처지로는 장사도 해야겠고 용남이도 길러야 하고 돈도 벌어야 빌린 돈을 갚는다고 했다.

"돈은 어데서 빌렸지?"

"마을금고에서요."

박형체는 자기가 너무 현실적으로만 말했다며 대화를 그만하려 했으나 석구는 해결책을 찾으려고 했다.

"형님, 살려주십시오!"

"동생 그런 말이 어디 있어. 본인이 현실을 잘 정리해서 풀어나갈 생각을 해야지."

"분명한 것은 형님하고 돈거래는 죽어도 안 합니다. 하면 형제가 끊어지니까요."

"동생 입장에서 가장 중요한 게 무엇인가를 결정해야 한다구!"

"용남이지요. 용남이 때문에 돈도 벌려고 하구요."

"그렇지. 동생한테 가장 중요한 건 용남이지. 사오 년은 용남이한테 신경을 써야 되네."

"어찌하면 좋겠습니까?"

"시장 안에 얻은 좌판 가게를 접으면 어떤가?"

"가게를요?"

"그래. 그리고 혼자서 장사를 해!"

"어떻게요?"

"손수레를 끌고 다니는 것은 너무 힘든 일이고 1t 화물차를 한 대 사서 물건을 싣고 다니며 채소 장사를 하면 어떤가?"

석구와 박형체는 평소에 내비쳤던 의형제의 결의를 노골적으로 다짐하는 순간이었다. 석구는 형님 말씀이 옳다며 하찮은 놈을 동생으로 맞아주고 깨우쳐주신 말씀들은 모두가 가문의 영광이라고 땅바닥에 엎드려 공손히 절을 했다. 석구 입장에서도 한꺼번에 두 마리 토끼를 혼자서 잡으려는 욕심은 버려야 한다면서 형체는 석구를 의자 위에 앉혔다. 많이 취했느냐고 물었다.

"견딜만합니다."

"동생 한 병 더 할까?"

"해야죠. 제가 누구 동생입니까!"

"그래 누구 동생인가?"

"박형체 형님의 동생입니다!"

"그렇지. 고맙네, 석구 동생."

"고맙기는요. 고마운 사람은 형님이 아니고 이 동생 강석구입니다."

석구는 오늘처럼 바쁘게 보낸 적은 한번도 없었다. 이렇게 행복할 수가 있을까 마음이 설렜다. 몇 년 만에 양가 부모님 만난 것도 꿈만 같았고 용남이를 보고 좋아하시는 부모님들이 더할

나위 없이 행복해 보였다. 석구는 일어나 막걸리병을 두 손으로 공손히 부었다. 진심으로 형님으로 모시기로 마음속 깊이 다짐했다. 형님의 의사에 따를 맘으로 입을 열었다.

"형님 말씀대로 가게는 처분한다 하더라도 화물차를 사서 돌아다니며 장사를 하라는 말씀인데, 솔직한 말로 서울 지리도 잘 모릅니다. 갈 곳을 알지도 못하고 무턱대고 헤맬 수도 없고요."

"동생 면허증은 있나?"

"예, 있습니다. 제대하고 바로 땄습니다."

"됐네!"

"형님 무슨 좋은 생각이라도?"

석구가 힘주어 물었다.

"사람의 모든 일은 마음먹기에 달렸네. 죽고 사는 거, 먹고사는 거, 돈 버는 거, 장가드는 거, 자식 기르는 거, 부모한테 효도하는 거, 모든 일거수일투족(一擧手一投足)이 마음이 가고 생각이 있어야 그다음 행동으로 옮기게 된다는 말이네. 가까운 예로 동생이 제수씨와 결혼식도 없이 살림을 차린 것도 동생이 그렇게 하겠다고 마음을 먹었으니까 한 거지, 누가 시켜서 한 거냐고? 생각을 먼저 하고 행동하고, 그다음 일은 하늘에 맡기는 걸세. 하늘에 맡기라고 해서 교회를 나가라는 것은 아니고 물론 나도 교회를 안 다니지만, 무조건 저지르고 보는 거야! 무슨 일이고 저지를 수 있는 용기, 다시 말해 마음을 움직일 수 있느냐가 중요하다는 말일세. 동생, 남자는 오늘 살다 내일 죽어도 하면 한다, 안 하면 안 한다, 확실한 가부를 낼 줄 알아야 하고, 한번 뱉은 말은 하늘이 두 쪽 나도 실행하고 마는 것이 남자다 그런 말이네. 내가 이제 이야기지만 동생이 부모의 반대도 무릅쓰고 도망 나와 용남이 낳고, 죽기살기로 살아가는 모습이 참 아름답게 보였네. 그렇게 이를 물고 살다가 하늘로 간 것이 바로 내 동생이야. 그놈도 그렇게 죽을 놈은 아니었거든. 너무 고집이 세고 남의 말을 전혀 듣지를 않다가 변을 당한 거야. 형이 그렇게 말리면 말을 들었어야 했는데, 다시 말해 사람은 자기 생각이 다 옳고 다 맞을 수는 없어. 왜냐하면 인간은 항시 모순덩어리고 완전한 동물이 아니라는 거지. 남의 말도 들을 줄 알고 양보하고 겸손하고 상대방을 기분 나쁘지 않게 처세하는 것이 살아가는 데 최상이지. 특히 장사는 인간과 인간 사이에서 이루어지니 대인관계가 중요하다는 말이네. 지금까지 내가 하고 있는 말을 이해할 수 있겠나, 동생은?"

"하고말고요, 형님. 저두 고등학교는 나왔구만요. 방법만 조금 알면 밀어붙이는 성격입니다."

"그렇지. 그런 용기가 중요하지. 그러면 내가 그 방법을 말해 줄 테니 들어보겠나. 좀 이야기가 긴데!"

"그럼요. 형님! 길수록 좋습니다. 내일이 석구한테 종말이 온다 해두 말씀해주십시오. 형님!"

석구는 듣고 싶었다. 시장바닥에서 몇 년을 살아오면서 인간적으로 대화한 적은 한번도 없었다. 더구나 형님 동생 하면서 살아가는 이야기를 생각지도 못했던 일들을 이렇게 폭넓게 말해주었다. 석구한테는 현재 발밑에서 꿈틀대는 각박한 현실 속에서 어렵고 보잘것없는 빈털터리를 살려주려 하다니 석구는 눈물이 났다. 엉엉 울고 싶었다. 막걸리병을 들었으나 형체는 술잔을 치워버렸다. 그만 마시겠다는 박형체가 아버지같이 보였다.

"화물차 살 돈은 있나?"

"예! 있습니다."

"가르쳐주면 내 말대로 할 수 있겠나?"

"하겠습니다. 형님!"

석구한테는 돈이 없다. 없어도 있다고 했다. 형체 말만 듣고 하겠다고 했다. 석구는 지금 입장으로는 아무런 대책이 없기 때문이다. 오직 끈이라곤 힘없는 진희와 용남이가 있을 뿐이다. 그들은 비록 나약하지만, 석구에겐 강한 힘과 용기를 넣어주는 활력소이다. 석구는 용남이와 진희를 끔찍이 사랑한다. 박형체는 석구가 외롭고 쓸쓸한 사람이라고 생각하고 있다. 지금은 너무나 바쁘고 육체적, 정신적으로 고달파서 외로움을 느끼지 못할 뿐이다. 사람을 사귀는 성격도 아니다. 시장 사람들과도 접촉이 없는 편이다. 언제나 혼자였다. 석구 얼굴엔 항시 어두운 그림자가 있었다. 시선을 집중하며 생각하는 모습이다.

형체의 형은 채소 장사를 이십 년 가까이 하다 미국에 사는 자식이 불러 부부가 아주 건너가버렸다. 그리고 동생은 저세상 사람이 된 지 꽤 오래되었다. 삼형제지만 형체만이 홀로 살아가고 있는 현실이다. 형체는 늘 동생 하나가 있으면 좋겠다고 생각했다. 마음에 드는 형이든 동생이든 사귀고 싶었다. 석구만 하더라도 몇 년을 지켜보고 있던 참이다. 멀리서도 가까이서도 조심스럽게 수없이 관찰을 해왔다. 어느 땐 부탁도 해보고 부탁을 들어주기도 했었다. 몇 년이 지난 뒤 지금에서야 형님 동생 하기를 서둘렀다. 오늘은 석구 부모도 봤고 진희 부모도 보았으니 석구네 가족을 다 본 셈이다. 석구의 성격도 원만하고 형체한테 대하는 처세도 모나지 않았다. 여러 해를 두고 보아왔지만, 그날이 그날처럼 흔들림 없이 꿋꿋하게 살아가고 있었다. 형체는 그의 사정을 손바닥에 올려놓고 보고 있었다. 평시에도 형체는 석구가 형편이 어려울 때 형으로서 도움을 주었으면 하던 차에 오늘 기회가 온 것이다. 이참에 형으로서 존재를 확고히 해볼 속셈이다. 미국으로 건너간 형이 하던 난전 터를 알고 있다. 채소 장사 몇 사람이 형이 하던 난전 터에서 장사를 해봤으나 손님이 한 사람도 나오지 않는다는 것이다. 결국은 그 작은 난전 터는 쓸모없는 빈터가 되어 있다. 형체는 가끔 형이 장사할 때 도와주러 갔었다. 그러나 지금은 고객이 없는 쉼터가 되어버렸다. 손님이 오지 않는 텅 빈 난전에 석구를 넣을 생각을 하고 있다. 사람이 오지 않는 빈터를 살리는 방법을 형체는 어렴풋이 짐작하고 있었다. 그것은 형이 장사하면서 수 없이 데리고 가 일을 시켰기 때문이다. 장사할 때 손님과 농담한 것도 형은 다 기억했다. 형이 장사가 끝나고 나면 말이 많다고 혼이 났던 기억도 있다.

형은 이해할 수 없는 장사 방법으로 오랜 세월을 보내며 손님들과 물건을 주고받고 돈을 벌었다. 그곳에 석구를 넣고 장사를 시도하려는 계획이다.

그러나 석구에게는 첩첩산중이다. 먼저 1t 화물차가 있어야 하고 운전을 가르쳐야 한다. 그뿐만이 아니고 장사하는 방법을 가르쳐야 하고 나오지 않는 손님도 다시 오게 해야 한다. 어디서 물건을 가져다 팔 것이며 집안에 있는 고객을 어떻게 끌어낼 것인가. 말은 했지만 앞이 캄캄할 따름이다. 이럴 줄 알았으면 그때 형한테 혼나가면서라도 장사하는 방법을 배워놓지 못한 게 후회되었다.

"형님! 그러면 가게를 먼저 접고 1t 화물을 사겠습니다."

석구가 서둘렀다.

"안 돼, 지금은."

형체가 완강히 말했다, 말뜻을 분명히 이해하라고 했다. 가장 중요한 것은 결정난 것이 하나도 없는 상태라는 것이다. 이 어렵고 복잡한 상황을 용남 엄마는 절대로 이해를 못 한다고 했다. 형체는 두 번 말한다며 깊이 생각한 다음 다시 이야기하자는 것이다. 매사가 마음과 뜻대로 되지 않는다고 강조했다. 둘이 심사숙고(深思熟考)해야 된다고 석구한테 또 한 번 당부했다.

"동생! 이번 이야기 건에 대해서 어떤 말이고 행동도 내 말 없이는 아무에게도 말하지 않겠다고 약속할 수 있는가? 또 하나 각오할 것은 용남 엄마한테는 일언반구(一言半句)도, 말 한마디 안 할 것을 확실히 맹세할 수 있겠나?"

"예, 형님 말씀을 틀림없이 명심하겠습니다."

"알았네. 그렇게 알고 오늘은 고만하세!"

형체와 석구는 술자리에서 일어났다. 오늘 하루를 기다려온 형체는 마음이 날아갈 것처럼 가볍고 기뻤다. 몇 년을 유심히 관찰하며 석구를 주시해왔었다. 잘한 일인가 못한 일인가, 앞으로 해야 할 일이 너무 막막하기만 했다. 한 가지 확실한 것은 형체 자신이 얼마만큼 노력하느냐에 따라 석구가 동생으로서 따라오느냐, 그렇지 못하느냐가 달려 있다고 생각했다. 석구한테는 세 식구가 살아가는 생존 문제가 걸려 있는 일이다. 잘못 인도하였다가는 커다란 낭패를 볼 수도 있기 때문이다. 형과 동생으로서 의리가 있고 서로가 서로를 신뢰할 수 있는 사이가 되어야 한다. 석구가 살아가는 길을 섣불리 유도했다가는 씻지 못할 화를 불러올 수도 있는 일이다. 형체는 오로지 석구가 자기 말을 들어만 준다면 성공시킬 수 있다고 자신했다.

서로 모르는 남남이 만나 그 속은 서로가 모른다. 더구나 나이 들어 만나는 사이가 되고 보니 고개를 숙여주고 말을 들어 준다는 것이 잘 될 리는 없을 거라고 걱정도 했다. 형체의 친동생도 그렇게 말을 안 듣더니 실패한 일로 해서 극단적인 선택을 하고 말았다. 그러나 겁만 먹고 세상을 살아갈 수는 없는 법이다. 차분하게 계획하고 실천할 것을 형체는 스스로 천명하고 있었다.

의형제를 확실히 한 이후로 형체는 석구를 조심스럽게 마음속으로 주시하고 있었다. 약속대로 그날 했었던 이야기들을 아무에게도 발설하지 않기를 석구한테 기대할 뿐이다. 특히 용남엄마한테만은 말해서는 안 될 일이다. 현재 하고 있는 좌판 가게라든지, 용남이를 키우는 일 등 석구가 살아가는 생활방식을 한꺼번에 흔들어서는 안 될 일이다. 다행한 것은 직업 직종을 바꾸는 것이 아니라 현재 하는 장사를 그대로 연장하되 장사하는 방법이 다를 뿐이다. 형체 생각대로만 따라준다면 석구를 성공시킬 수 있다고 형체는 또 한 번 자신을 해본다. 석구 혼자서 장사를 한다면 용남이는 진희가 돌보면 될 것이고 할머니 한 분을 모셔오는 일도 없을 것이다. 지금 계약한 가게 보증금으로 1t 화물차를 할부로 뽑을 수 있다. 그러면 화물차는 해결된다. 아니면 중고 화물차를 할부로 뽑는다면 부담은 적어질 것이다. 형체는 금전적으로나 심적으로 석구의 부담을 덜어주는데 신경을 쓰고 있었다. 시내 주행 연습을 할 때는 한국냉동에서 쓰고 있는 1t 화물차로 하기로 했다.

운전만 숙달된다면 얼마 동안은 헛걸음이 되더라도 화교동에서 장사를 시도할 것을 계획했다. 그곳 사람들에게 장사하겠다는 신호를 보내는 셈이다. 처음에는 물건을 떼어 오고 팔러 가는 코스를 연습하면 된다. 석구에게 운전을 숙달시키는 기간은 그리 오래 걸리지 않았다. 함께하다가 완전히 익숙해지면 혼자서 끌고 다니면 된다. 운전이야 계속하면 되겠지만 장사를 어떻게 해야 하는지가 가장 큰 관건이다. 일단은 시작하고 봐야지, 겁을 내서는 안 될 일이다. 형체 형은 물건을 가락동 도매시장에서 가져다가 화교동에다 팔았다. 화교동은 부유하지 않은, 평범한 중국 화교들이 밀집해 산 지 오래된 곳이다. 그곳 주위에는 시장이 없다. 그들은 소비하지 않으려고 그런 곳으로 몰린 것 같은 느낌이 들었다. 모두가 한국말을 할 줄 알지만 재미난 이야기나 중요한 말은 모두 중국말로 하고는 박장대소도 한다. 화교동은 기찻길에서 아주 가깝다. 기차는 한 달에 몇 번 필요할 때만 지나가는 화물 철길이다. 항시 철로는 붉게 녹이 나 있었다. 철길 바로 아래가 난전인데 난전이라고 말할 수도 없는, 불과 이삼십 미터에 화물차 옆문 뒷문을 열어놓고 물건이 담긴 박스를 화물차 뒤로 길게 양쪽으로 내려놓고 손님을 기다리는 초라한 곳이다.

여름 장사는 아침 6시에, 한겨울 장은 7시에 시작하고 두 시간 정도면 끝이 난다. 형체는 형의 부탁으로 물건이 많을 때는 따라가 돌봐주었다. 그 당시 형이 둘째 동생이라며 형체를 한두 사람한테 소개도 했었다. 장 보러 나오는 아주머니들은 거의 노인들이다. 많이 나올 때는 삼사십 명도 되지만 장을 보려는 사람보다 구경을 하거나 어떤 물건이 필요하다고 부탁을 하는 사람이 더 많았다. 형이 장사를 그만둔 지가 이 년이 되었다. 사라진 난전을 다시 살려 석구에게 줄 계획이다.

당분간은 물건을 적게 가져와 장사를 다시 한다는 것을 알려야 한다. 남은 물건은 골목을 다니며 장사를 할 수도 있지만, 옛날 난전 장소로 살리려면 오전에만 잠깐 팔고 나오는 습관을 보여줘야 한다. 남은 물건은 시장에 있는 석구네 좌판 가게에서 팔면 된다. 가장 중요한 것은 단 하루도 빠져서는 안 된다. 비가 오나 눈이 오나 항시 갔다와야 하며, 이튿날 못 나올 시에는 팔면서 못 나온다고 말을 해줘야 뒷말이 없다. 한번 시작하면 그만둘 때까지 매일 나와야 그들은 인정하고 믿어준다. 형체 형도 그렇게 했었다.

화물차 운행코스는 매일 같은 길로 했다. 갈 때는 형체가 몰고 가고, 올 때는 석구가 몰고 오는 방법으로 연습했다. 석구의 운전 실력은 점점 능숙해졌다. 이튿날은 석구가 먼저 핸들을 잡고 나중에는 형체가 잡았다. 늘 코스대로 도매시장에서 물건을 떼고 화교동에 아침 일찍 들러 팔고 오는 코스다.

형체는 자기 형이 장사하던 방식대로 똑같이 했다. 도매시장 구석구석도 열심히 찾아다녔다. 주로 배추, 무, 파, 가지, 호박, 열무, 오이, 계절별 과일, 고구마, 감자, 마늘, 고추, 부추, 깻잎, 나물 종류 등…. 적게라도 사과 상자나 라면 상자에 물건을 넣어, 상자를 스무 개 이상 만들어 차에 실었다. 화물차를 세워놓고 꽁무니에서부터 박스를 철길 따라 길게 좌우로 내려놓는다. 이삼십 미터에 드문드문 놓고 배추와 무는 차에서 내려놓지 않고 화물칸 옆 뒷문을 열어놓으면 된다. 손님이 오면 먼저 비닐봉지를 한 장씩 뜯어갈 수 있도록 양쪽 백미러에다 비닐봉지를 걸어놓았다. 손님은 봉지를 뜯어 들고 좌우를 살피면서 밑으로 내려갔다 돌아서 올라오고 말하지 않아도 알아서 자꾸만 빙빙 돈다. 형체는 차와 물건과 떨어져서 앉아 있다. 손님이 비닐봉지에 물건을 담아 와서 형체한테 보여준다. 그러면 형체는 비닐봉지에 손을 넣어 확인은 절대로 안 한다. 보여준 그대로 얼마를 부르면 손님은 돈을 내고 형체는 잔돈을 내어주면 한 손님하고 계산은 끝난 것이다. 손님들은 비닐봉지에 물건을 들고 길게 줄을 서서 앞사람이 계산이 끝나기를 기다린다.

형체는 앉아서 돈을 받는다. 손님들한테 싸여 얼굴을 볼 수가 없다. 형체가 돈을 받을 동안 석구는 빈 박스 정리와 물건 정리를 했다. 배추와 무는 손님이 원하는 개수만큼 비닐봉지에 넣어주면 된다. 석구는 돈을 받지 않는다. 계산은 형체 형님한테 하라고 일러준다. 손님들은 배추나 무는 핸드캐리어를 가지고 와 계산이 끝나면 싣고 간다. 소소한 밑반찬 채소류가 많은 편이다. 계산하는 줄이 끝나면 형체와 석구는 부지런히 박스를 싣고 그곳을 빠져나온다. 쉼터에 도착하면 돈 계산을 해본다.

석구는 형체가 장사하는 방법을 이해하지 못한다. 들어온 돈에다 남아 있는 물건을 도매가격으로 계산해서 합친 금액이 오늘 장사한 금액이다. 원금에서 마진이 남아야 하는데 원금까지 손해를 보았다. 남은 물건을 소매한다고 해도 손해 본 액수에는 어림도 없다. 형체는 자기 형이 하던 장사 방식 그대로를 따라 한 것이다. 밑져야 본전이 아니라 밑지고도 손해 본 셈이다. 손님들은 바보가 아니다. 물건 가격은 더 잘 알고 있다. 장사하는 사람들이 분명히 손해 본 것도 알고 있다. 그러나 손님들은 말하지 않는다. 그 대신 이웃 사람들을 더 데리고 왔다. 형체 또한 말하지 않는다. 손해는 날망정 손쉽게 갖고 온 물건을 두 시간도 안 되어 다 팔았다. 빈 박스만 싣고 나간다. 사 간 사람이나 판 사람의 뒷이야기는 쉼터에서 계산하며 이야기한다. 형체가 손해 보면 손님은 싸게 산 것이고 형체가 이익금이 남았으면 손님은 제값에 산 것이지 형체가 돈을 더 받은 것은 아니다. 손님은 비닐봉지 속에 들어있는 물건을 계산할 때 일일이 하나하나 확인하고 계산을 한 것이 아니기 때문에 손님은 항시 더 가져가는 것으로 생각하고 있을 것이다.

형체는 형이 했던 말을 떠올렸다. 형의 말을 석구와 함께 실천해갈 것을 다짐했다. 형이 그랬다. 말을 하지 마라. 인사도 하지 마라. 항시 미소로 표정 관리를 해라. 행동으로만 보여줘라. 물건을 팔려고 하지 마라. 더 주지 마라. 덤은 좋아하지 않는다. 비닐봉지 속에 들어 있는 물건을 더 가져간다고 생각하지 마라. 형의 말은 모두가 그들에게 믿음을 주는 말이라고 했다. 그들은 한국말을 잘한다. 그들은 우리에게 말을 하지 않는다. 그들이 필요한 것만 선택할 뿐이다. 무엇을 담았는지 정확히 알 수가 없다. 잘 안 보인다고 두 손을 벌리면 한 번 더 보여준다. 한 번 보고 한 번에 가격을 말하면 계산은 끝이다. 손님은 깎아달라거나 비싸다거나 물건이 안 좋다거나 하는 이는 없다. 아무 말도 하지 않고 그냥 돌아간다. 아마도 한집안 식구처럼 생각하는지도 모른다. 비싼 듯싶어도 너도 남아야 벌어먹고 살지 하는 식이다.

형체는 10일째 장사를 했어도 계속 손해만 보고 있다. 석구가 계속 적자만 보고 있다. 형체는 석구 마음을 넘겨다봐야 할 때라고 생각했다. 지금까지 손익을 물어본 적도 없이 돈 자루를 계산만 해서 넘겨줬다.

"동생, 3일만 더 내가 돈을 받을 테니 3일 후엔 동생이 돈을 받아봐!"

"예!"

석구는 군말 없이 대답만 했다. 형체는 마음속으로 석구의 속마음을 읽어야 했다. 형으로서 동생을 힘들게 하고 있다고 생각하지는 않는지, 계속 밑지는 장사만 하다가 자기가 못 하겠으니까 이젠 넘겨준다고 생각하지 않는지, 아니면 자기 돈 깨지는 것 아니니까 형이라는 우월감 때문에 없는 돈 뻔히 알면서 석구 속을 뒤집어보려고, 동생이 손해 보면 어떻게 나오나 보려고, 아니면 석구가 얼마 동안이나 버티나 동생의 마음을 떠보려고 그런다고 생각할지 모른다는 생각이 들었다. 당장이라도 둘 사이에 속마음을 터놓고 대화를 해야 한다고 결심했다.

형체는 자기 차에 기름을 넣고 석구를 태워 도매상으로 물건을 떼러 갔다. 물건 값은 석구 돈이다. 화교동에 가서 오전 장사를 하고 나면 형체는 그날 하루는 석구와는 끝난다. 남은 물건은 석구네 좌판대로 옮기고 차는 형체가 가져간다. 쉼터에서 계산을 해보면 석구는 또 손해 보고 장사한 것이다. 형체는 석구가 얼마를 손해 보는지 대충은 알고 있다. 그러나 석구에게 손해 본 장삿속을 묻지 않았다.

형체는 3일 동안 장사를 더 했다. 석구가 말했다.

"형님, 일주일만 더 해주세요. 그러시면 열흘을 더 하시는 셈입니다."

"왜?"

"도저히 엄두가 나질 않고 자신이 안 가네요."

"그래, 일주일 후에는?"

"일주일이 끝나는 다음 날부터는 제가 하겠습니다."

형체는 더 이상 말할 수가 없었다. 석구가 왜 속마음을 솔직히 실토를 안 하는지를 생각해야 한다.

분명 열흘 넘게 적자를 봤는데 일주일을 더 적자를 보겠다는 뜻이다. 그렇다고 석구 마음을 떠보겠다는 언사는 절대로 해서는 안 된다고 형체는 다짐한다. 형체는 계속 손해 보는 장사를 하고 있다. 가난뱅이 석구가 얼마나 속이 탈까. 그렇다고 형체는 말 한마디 안 하고 매일 적자만 보는 현실 앞에 충실할 뿐이다. 형체는 자기 사업은 오전을 접고라도 석구와 장사를 나갔다. 석구는 별말이 없다. 얄미울 정도로 석구는 항시 미소를 하고 있다. 형체는 석구한테 미안한 마음이 있어도 아무 말도 하지 않았다.

형체는 석구의 마음속을 헤집어봐야 한다고 생각했다. 석구가 말한 일주일이 금방 지나갔다. 일주일 동안의 장사도 적자가 난 것이 사실이다. 내일부터는 석구가 장사를 시작해서 물건 값을 말하고 돈을 받고 거스름돈도 내줘야 한다. 형체는 말 한마디 안 하고 내일을 기다린다. 오직 말 안 하는 석구의 얼굴에 뒤집어쓴 하회탈을 벗기고 진실된 참모습을 찾아내야 한다. 엄격히 말해서 장사하는 방법을 가르쳐줬으면 자기 장사는 자기가 해야지 형체가 계속 함께할 수는 없는 일이다. 적자를 알면서 계속 손해 보고 장사를 하라고 할 수는 없는 일이다. 확실한 것은 형체 형은 화교동에서 돈을 벌었다. 석구의 생각을 헤아리지 않을 수가 없다. 형체가 물건 값을 잘못 말했거나 거스름돈을 잘못 내줄 수도 있지 않은가. 제대로 물건 값을 말하고 돈을 계산했다면 돈은 남아야 장사다. 벌써 이십 일을 적자 보고 장사하는 형을 어떻게 생각하는지, 장사에 욕심이 없다면 여기서 그만둔다는 생각은 하는지 안 하는지, 석구가 생각할 때 형이 장사를 잘못하거나 남은 돈을 다 내놓지 않거나 적자 보는 이유를 가슴에 담고 오해할지도 모른다고 형체는 생각이 들었다.

석구는 매번 적자를 보고 있다. 그런데도 한결같이 미소만 짓고 있다. 석구는 형한테 할 말이 많을 거라고 형체는 생각하고 있다. 적자 보는 장사를 계속 함께 한다면 형을 바보 아니면 석구를 망하게 해줄 사람이라고 생각할 것이다. 형으로서 도와주려고 장사를 해준 것인데 말 한마디 안 하는 것은 잘못이라고 형체는 판단했다. 내일부터는 석구가 장사한다고 했으니 시원히 이야기나 하고 이쯤에서 혼자 장사를 나가라고 석구의 의중을 들어보기로 했다.

형체가 꽁치를 석쇠에 올려놓고 소금을 뿌렸다. 소금 타는 냄새와 연탄 냄새가 코로 들어왔다. 형체는 굳어진 얼굴에 어두운 모습을 하고 입을 꽉 다물고 있었다. 석구가 소주병을 따서 두 손으로 잔을 올렸다. 형체는 받아 단숨에 넘겼다. 형체가 병을 받아 석구 잔에 부었다. 석구는 두 손으로 받아 단번에 마셨다. 석구가 꽁치를 발라 형체 앞으로 밀었다. 꽁치로 젓가락이 가면서 형체가 무겁게 입을 열었다.

"동생은 장사가 매일 적자 보는데도 웃음이 나오는가. 항시 미소를 짓고 있으니 말야?"

"형님, 저는 웃음이 없는 놈입니다. 형님께서 얼굴 표정 관리를 웃는 모습으로 항시 하라고 하셨습니다. 저도 고역스럽게 매일 표정 관리를 했는데요?"

형체는 웃고 말았다.

"결국은 내 말을 듣느라고 지금도 미소하고 있는가?"

"당연하지요. 어느 때는 울상을 하면서도 입은 웃고 있었습니다."

형체가 소리쳐 웃었다. 분위기가 처음 생각과는 백팔십 도 바뀌었다. 형체는 마음속에 누적된 말들을 토해냈다.

"동생, 적자 많이 봤지?"

"조금은 봤습니다."

석구는 형체 속을 들여다보고 있었다. 어떤 말이 나올 거라는 생각을 예측하는 것처럼 조금도 기분 나쁜 기색 없이 대답해주었다. 형체는 자기 형이 화교동에서 돈을 벌었다는 이야기를 하면서 이십 년 가까이 그곳만은 하늘이 무너져도 하루도 빼놓지 않고 다녔다고 말했다. 어떻게 해서 돈을 벌었냐고 전화로 여러 번 물어봤다. 그때마다 형은 말해줘도 모른다며 적자를 안 볼 때까지 계속 적자를 보면서 본인이 터득해야만 된다는 것이다. 하루도 빠지지 말고 자리를 지켜야 하고 말로는 설명할 수 없다고 했다. 듣고 있던 석구가 형체 형님이 마음고생이 많으실 거라고 말했다. 그렇다고 가격을 부를 때 비싸게 부르면 손님은 떨어질 것이고 장사가 안 되면 어찌하나 고민하셨을 테니 심적 고생이 크셨을 거라고 형체의 의중을 들여다보고 있었다. 형체는 석구가 하는 말에 정이 가고 고마웠다. 형체 또한 화교동 장사는 자기 형처럼 혼자서 해야 오는 손님이 확실하게 믿는다고 했다. 둘이 하면 한 사람은 감시한다는 느낌을 주기 때문에 혼자서 있는 물건을 다 훔쳐 간다고 해도 괜찮다는 인식을 그들에게 줘야 한다며 파는 쪽이나 사는 쪽은 서로 믿고 하는 장사라는 점을 서로가 알아야 된다고 했다.

"동생! 지금까지 함께 한 장사가 매일 적자만 나는데 그 이유가 어디 있다고 보는가?"

석구는 선뜻 말하지 않았다.

"우리는 어떻게든 손님을 나오게 하려고 가격을 약하게 불렀기 때문인 것 같습니다."

형체는 그렇게 말해주는 석구가 고맙기는 했으나 형의 마음을 너무도 의식한다고 생각했다.

"그리고 또?"

"아직은 그들과 믿음이 약한 것 같습니다."

"맞는 말이야! 그래서 혼자 해야 한다는 말이라고."

"저는 이제까지 몇 사람이나 나오는가를 대충 세어봤습니다. 처음엔 사람이 없었지만, 아침 운동 나오는 분도 있고 해서 이십 명은 더 되었으니 소문이 자꾸 퍼지는 것 같습니다."

"사람을 일일이 세어봤다고?"

"아닙니다. 매달아놓은 비닐봉지를 매일 세어봤지요. 뜯겨나간 봉지로 대략 사람 숫자로 비교했습니다."

석구가 대단한 계산을 하고 있다고 형체는 생각했다. 찾아오는 손님을 대략 짐작하면 도매상에서 물건 준비도 조절할 수 있을 것이다.

"이제까지 적자 본 건 어떻게 보상하지?"

"그건 적자는 났지만, 흑자를 위해 어차피 투자해야 할 물건값이라고 생각합니다."

대답을 들을 적마다 형체는 놀랄 수밖에 없었다. 이제까지의 형체 생각과는 전혀 다른 석구의 모습을 발견했다. 형체는 마음이 안심되었다. 석구가 속이 좁거나 이해심이 없을 거라는 생각은 잘못이었다.

"동생, 어떻게 하면 적자를 안 보고 장사를 할 수 있겠나?"

"그건 저도 모릅니다. 분명한 것은 믿어야 한다는 것과 비닐봉지 속의 물건 값을 어떻게 적절하게 부르느냐에 장사의 손익이 좌우된다고 생각합니다. 그들의 기분을 즐겁게 하는 가격 말입니다."

형체의 머리 위로 미국에 있는 형의 얼굴이 지나갔다. 석구가 자기 형하고 똑같은 말을 하고 있었다. 형체가 생각지도 못했던 말을 하고 있었다. 석구는 장사꾼이라는 것을 알았다. 안심이 되었다. 오늘은 이야기를 더 이상 길게 할 필요가 없었다.

"동생, 차 키 여기 있네! 내일 아침에 끌고 가게!"

형체는 차 키를 소주잔 옆에 꺼내놓았다.

"예, 형님! 어제 차 한 대 구입했습니다. 형님 차하고 같은 거구요. 연식은 좀 되었지만, 전체 칠이 되어 있고 중고 할부로 최대로 길게 하니까 매월 불입 금액도 적구요. 화물칸을 받침대를 세워 지붕을 씌웠구요. 지붕 밑에서 양쪽 끝을 말아올리면 안의 물건이 다 보이도록 했습니다. 그러느라고 형님한테 일주일만 더 부탁드린 겁니다. 좌판 가게는 접었습니다. 진희는 용남이만 키우기로 합의했구요. 화교동은 강석구 인생에 두 번째 난전입니다. 하늘 같은 형님이 주신 석구의 일터이고요. 혼신을 다해 우리 가족 생계의 터전으로 만들겠습니다. 감사합니다. 형님!"

형체가 소리쳐 웃으며 반갑게 석구의 어깨를 안았다.

"그렇지, 그래. 역시 석구는 내 동생이다."

둘은 진정한 마음으로 형제의 인연을 재확인했다.

집에 돌아온 석구는 밤잠을 설치며 형체의 말을 하나하나 다시 떠올려 기억해냈다. 석구가 살고 있는 현실을 한 치 오차도 없이 정확히 타당성 있는 현실을 이야기해주었다. 그것도 석구로서는 생각도 못 했던 좋은 말들이다. 용남이를 제대로 키우려면 진희가 옆에 있어야 하는 것은 정확한 말이다. 시장 좌판 가게를 정리하길 정말 잘했다고 생각했다. 앞으로는 진희가 뭐라 하든 계획대로 할 것이다. 온갖 힘을 다 쏟아서 화교동 난전을 살려야 한다. 난전으로 사람들을 끌어내야 한다. 몇 년 전만 해도 형체 형이 이십 년 가까이 장사를 했다면 화교동은 충분히 승산이 있다고 계산했다. 장사를 할 수 있는 방법을 화교동에서 터득해야 한다. 이미 그곳에서는 매일 적자를 봐가며 투자하고 있다. 장 보러 나오는 사람들이 사오십 명만 나와준다면 기대해볼 만했다. 만약 매일 이십 명 정도가 장을 봐 간다면 충분히 희망이 있는 곳이다. 석구는 화교동에서 생사를 걸어야 한다고 다짐했다. 지금은 적자를 보고 있지만 적자 폭을 줄여야 한다. 그런 다음에는 마진이 있어야 장사라고 볼 수 있다. 장사는 천 원을 보고 천 리를 간다는 말과 같이 남는 장사를 하기 위해서는 이천 리, 삼천 리를 가겠다고 석구는 다짐했다. 가장 힘든 장사는 뭐니뭐니해도 검은 비닐 속에 들어 있는 물건 값이 얼마인가를 근사치만이라도 말할 줄 알아야 적자를 면할 것이다. 적자 보는 장사를 하면 할수록 나오는 사람은 많아졌다. 팔수록 적자 폭이 커져갔다. 석구는 이 사실을 형체한테 의논할 수밖에 없었다.

"형님, 사람이 제법 많이 나와요."

"마진은 좋은가?"

"웬걸요. 팔면 팔수록 더 손해지요. 어느 물건은 떨어지자마자 내일 또 가져오라고 닌리들이지요."

"동생 안 나갈 수도 없고 큰일 났네?"

"안 나가긴요. 그럴수록 더 열심히 해야지요."

"며칠만 기다려 보게. 내게도 생각이 있어."

“알겠습니다. 형님! 너무 답답해서 전화를 했구요. 이 순간이 고비인 것 같습니다.”

“알았네. 석구 동생.”

석구 전화를 끊고 형체는 이 엄청난 사실을 고백이라도 하듯 어두운 거실에서 미국에 있는 형님에게 전화를 걸었다. 또 한 번 형체는 의형제 맺은 동생을 형님 하던 자리에 넣고 계속 적자만 보고 있는데 피해나갈 방법은 없냐고 애원했다. 비어 있던 자리에 다시 사람이 몰려나오는 것은 여러 달을 두고 적자를 보고 팔았기 때문이라고 건너편에서 들려왔다.

형체 형은 그 사람들한테 손해 본 만큼 그들 속에서 장사를 해야 본전을 찾을 수 있다고 했다. 자기도 처음엔 1년 넘게 적자를 봤다며 힘이 들더라도 투자해서 버텨가고 손해 안 보는 장사 요령을 터득해야 한다는 것이다. 인내를 가지고 화교동을 하루도 빠져서는 안 된다고 강조했다. 손님은 많이 나오는데 저렴한 가격으로 줄 물건이 없다면 그 물건을 찾기가 만만치 않다는 것이다. 그러나 그런 물건을 찾을 곳은 도매시장밖에는 없다고 했다. 다니고 있는 시장 북쪽 맨 끝 담벼락을 유심히 보면 지방에서 올라온 채소 차가 있고 차떼기로 덤핑하는 차나 사람이 간혹 있는데 물건을 잘 보고 선택해서 사다가 팔면 가격을 맞출 수 있다고 했다. 예를 들어 총각무 한 트럭을 밭에서 갖고 올라왔다가 이틀이나 사흘이 지나도 안 팔리면 무 잎이 시들어버린다. 싱싱하게 보이지 않아 상품으로서는 가치가 없으나 손질해서 소금에 절이면 시든 거나 안 시든 거나 담그는 데는 같다며 보기에 시들어서 가격을 저렴하게 살 수 있으니 그것을 사다가 화교동에 풀면 좋아들 할 거라고 했다. 화교동 사람들은 총각무 담그기를 좋아하고 값이 저렴하면 다섯 단, 열 단씩도 사 간다고 알려줬다. 물건 가격을 도매가격보다 저렴하게 사는 방법은 덤핑 물건이라고 형체 형이 가르쳐주었다.

형체는 형님한테 한 가지만 더 알려달라고 매달렸다. 사 가는 사람이 비닐봉지를 열어주면 가격을 금방 말했는데 어떻게 그 속에 들어 있는 물건을 손을 넣어 헤아려보지도 않고 가격을 매길 수가 있냐고 형체가 물었다. 그는 자기 경험으로 보아 가장 어렵고 힘든 것이 가격을 말하는 것이라고 했다. 하루 장사가 남느냐 직자 보느냐 하는 중요한 순간이라고 했다. 열어준 비닐봉지 속을 들여다보면 첫 번째 보이는 것이 얼마짜리라는 계산이 나오면 부피를 보고 봉지 밑을 손바닥으로 살짝 들어보고 부피를 기준해서 가격을 말하는 것인데 하루 이틀에 되는 것은 아니고, 수없이 그 사람들과 부딪쳐가며 얼굴빛, 눈빛, 표정을 살펴서 계산을 일이 초 내에 결정하는 일인데 한두 달에 되는 일이 아니라고 말했다. 만약 봉지에 손을 넣으면 그들은 무시한다는 표정이 금방 얼굴에 나타나 당황하게 된다고 했다. 형체는 형이 하는 말이 잘 이해가 가지 않았다. 결국은 부딪쳐서 깨우치는 길밖에는 없다는 소리다. 형이 하던 자리를 다시 살리겠다고 하자 형체 형은 지금이 총각무 철이니 내일 나가보고 화교동에서 버티는 길은 그들의 자존심, 더 나아가 민족성, 우리가 따라가기 힘든 검소한 생활은 높이 평가할 부분도 있다며 그들은 큰소리치지 않고 서로 야유하지 않고 기뻐도 슬퍼도 무표정하다고 했다. 형체 형은 그들과 이십 년 가까이 지내온 사이라 친구처럼 이웃처럼 지냈다는 형의 말을 끝으로 전화를 끊었다.

밤 서리를 뒤집어쓴 가을 채소가 줄지어 서울 도매상으로 들어오고 있었다. 형체는 도매시장 이곳저곳을 기웃거렸다. 그의 속셈은 덤핑 물건을 찾는 일이다. 지금 들어오는 차들은 싱싱한 물건으로 가득가득 차 있다. 덤핑 대상이 될 수 없다. 형체는 형에게 들은 대로 북쪽 맨 끝 담벼락을 오르내리며 서성거렸다. 그때 한 사람이 덤핑 물건을 찾느냐고 물어왔다. 형체가 웃으며 다가갔다. 강원도에서 올라온 총각무라며 오늘 아침에 팔았으면 제값을 받았을 텐데 조금 더 받으려다 때를 못 맞추어 제값을 못 받으니 싸게 주겠다는 것이다. 형체는 그 남자를 따라 물건을 보았다. 그가 말한 대로 총각무 잎은 모두가 시들어 있었다. 차를 가져와 사겠다고 했다. 석구한테 전화를 걸어 물건을 찾았으니 도매상으로 오라고 연락했다. 형체는 한 단에 얼마씩 계산해서 산 게 아니고 전체를 반값으로 계산했다. 차 두 대로 옮겨 실을 때는 무 다발을 정확히 헤아렸다. 절반 값도 안 되게 매입한 셈이다. 형체와 석구는 한 차씩 가득 싣고 도매상을 나왔다. 각자 자기 차에 실려 있는 총각무 단을 계산했다. 한 단에 얼마씩 팔면 소비자도 싸게 사고 마진도 볼 수 있을지 계산을 뽑았다. 석구가 계산해도 소비자는 거저 가지고 가는 물건 값이다. 총각무를 싣고 화교동으로 향했다. 석구 차는 그냥 세워두고 형체 차 뒷문을 열어놓고 사람들이 나올 시간을 기다렸다. 사람이 나오자 형체가 총각무 가격을 말하며 오늘은 화교동 사람들 총각무 담는 날이라고 소리쳤다. 분명하게 말하는 것은 싱싱한 거나 시든 거나 소금에 절이면 마찬가지라고 떠들어댔다. 사람들이 알아들었는지 소리 없이 한 줄로 서서

다가오고 있었다. 손님이 몇 단 하면 형체는 주황색 타래끈을 바닥에 굴려놓고 묶어주었다. 석구는 옆에서 돈을 받고 거스름돈을 내주며 팔기 시작했다. 총각무를 단으로 파는 것은 계산하기가 좋았다. 시간이 지나자 소문을 들어서인가 사람들은 핸드캐리어나 보자기를 갖고 나와 스무 단까지도 사가는 사람도 있었다. 누구는 늦게까지 있으면 또 사러 올 것이니 기다리라고 했다. 오전 장사는 화교동에서 하기로 했다. 손님은 계속 드문드문 나왔다. 둘은 모처럼만에 처음으로 기분 좋은 장사를 했다. 점심때가 넘어서야 물건이 거의 다 팔렸을 때쯤 석구와 형체는 화교동을 나왔다. 석구는 차에 남아 있는 물건은 가져다 줄 데가 있다면서 기뻐하고 있었다.

형체는 형이 말해준 지난날 화교동에서 장사한 경험을 석구한테 귀가 닳도록 말해주었다. 덤핑 물건 취급하는 것도 다른 종류도 있으니 도매상에 수시로 가보는 것도 잊지 말라고 했다. 형체는 어떻게든 석구가 손해 보는 장사가 되지 않기를 빌고 있었다. 끈기를 가지고 화교동을 지켜나간다면 자연히 장사하는 방법도 터득되고 손해 본 만큼 그 이상으로 흑자도 볼 수 있다고 용기를 주었다. 석구는 형체의 한 마디 한 마디를 모두 가슴에 새겨넣었다.

그 덕분에 석구는 10년이 넘게 화교동을 지키고 있다. 온갖 방법으로 머리를 써서 화교동 사람들과 가족같이 이웃같이 지내고 있다. 그들은 석구를 믿어주었다. 석구를 믿어버린 화교동 사람들은 비닐봉지에 넣어 온 물건 값을 더 받든 덜 받든 가격에 연연하지 않고 오히려 넉넉히 받아 돈 벌라고 자기들끼리 대놓고 석구한테 말해주는 이도 있었다. 그런 사람은 물건을 많이 더 준 것처럼 생각되었다. 처음 1년은 적자도 보고 고생도 했지만, 지금은 이렇게 장사를 편하게 할 수 있는 곳은 어디에도 없을 것이라며 석구는 형체를 머릿속에 떠올렸다. 하늘을 쳐다보며 또 한 번 형님, 하고 고마워했다. 석구는 고생한 이후에는 손해나는 장사는 하지 않았다.

진희와 약속대로 작은 내 집 마련을 하려고 비가 오나 눈이 오나 열심히 벌어 그렇게 소원하던 집 장만의 꿈도 멀지 않았다.

사람이 사람을 믿는다는 것은 참 중요했다. 적자 나고 힘든 생활도 믿음으로 해결했다. 믿고 사는 것은 아름다운 일이다. 믿고 난 다음에 즐거움과 행복이 있다는 것을 석구는 터득하고 있었다. 믿는 것보다 더 좋은 것은 없었다. 석구는 화교동 사람들을 사랑한다. 앞으로의 삶은 긍정으로 살아갈 것을 다짐했다. 석구는 오늘도 화교동 난전으로 힘차게 달려가고 있다. 석구의 통장에 매일 5만 원씩 넣는 것도 금년이 마지막 해가 될 것이다.

두고 온 집

그들은 어디에 있든 해가 지면 잠자리로 돌아간다. 날이 밝으면 일어나 먹을 것을 찾고 하루 종일 무엇인가 찾아 헤매며 하루를 보낸다.

거리 잠을 자는 노숙인들은 저마다 특성이 있고 서로 다른 사연을 간직하고 있다. 그들의 사연을 무턱대고 무시할 수만은 없는 일이다. 그들의 사연을 깊게 알려면, 그들과 생활해보면 짐작할 수 있다. 노숙인 모두가 다 그런 것은 아니다. 그들은 거리에서 만나 어쩌다 마음이 맞을 때도 있지만 거의 서로를 믿지 않는다. 믿어서 득이 되는 일이 없다. 그들은 만나는 사람들을 믿으려 하지 않고 가까이하기조차 꺼린다. 그들도 입이 있다. 입은 먹으라고만 있는 것은 아니다. 입으로는 말을 해야 하지만 대화를 할 사람이 없다. 대화할 대상이 있어도 그들의 말만 들었지, 그 말에 대답해주지는 않는다. 그들은 스스로 말을 하고 스스로 대답한다. 대답이 없으면 대화는 끊어진다. 대화를 이어가려면 잘 듣고, 자기 의견을 말해야 한다.

그들은 낮에는 해를 보고, 하늘을 보고, 구름을 보고, 날아가는 새들을 보고도 대화를 하며, 지나가는 고양이를 보고도 이야기한다. 이야기가 시원치 않으면 땅바닥을 헤집고 두드리며 발버둥치며 저 혼자 이야기를 한다. 밤잠이 안 올 때면 달을 보고 하소연하고, 달이 없으면 별을 보고, 은하수를 보고 마음을 달래며 이야기를 나눈다.

그들은 어느 한 시점에서는 자신을 발견한다. 초라한 자신의 모습을 찾아낼 때 지난날을 회상하며 반성하고 후회도 한다. 그러다 설움이 북받치면 한없이 울어버린다. 울면서도 자신을 달래주며 자신에 대한 사랑으로 토닥여주기도 한다.

그리고는 지금 현실이 어떠냐고 묻는다. 그리고는 현실은 살 만하다고 큰소리로 고집한다. 그러다 지난날의 한 맺힌 일들이 떠오르면 잘못된 것일지라도 자기 것으로 기꺼이 하나하나 합리화시킨다. 자기 생각을 거듭하다 보면 없는 것 같다가 있을 것도 같기도 하다. 그러면서 자신의 허약하고 지친 영혼을 만난다. 존재하는 것으로 바꿔놔야만 속이 편하고 현실을 그렇게 바꿔놓고 나서야 성공한 것으로 판단한다. 그들은 결국 없는 것을 있는 것으로 결정한다.

명태는 학교에서 우라늄 광석은 우리 땅속에 없다고 배웠다. 그러나 지금은 있다고 믿는다. 정태는 항구를 만들려고 구상을 했다. 시드니, 나폴리, 부에노스아이레스 같은 항구에 가보고 싶었다. 그는 그런 항구를 가보지도 못한 채 아버지가 물려준 파밭에다 세계적인 항구를 만들겠다는 망상에 빠지고 말았다.

그들은 또 있지도 않은 노숙로를 만들었다. 어느 때는 없다고 하다가도 노숙인들의 길이 있다고 고집하며 주장을 했다. 노숙인들이 가고 있는 지금 이 길이 노숙인의 길인데 왜 그들은 없는 길을 또 있다고 만들어놓고 그 길에 대하여 고집스럽게 대화를 하는지 모를 일이다. 그들이 대화하는 모습을 보면 지나가는 사람들은 실성했거나 미쳤거나 아니면 좋게 말해서 홀로 드라마를 하고 있다고 생각할 수밖에 없다. 그런데도 그들은 또 제발 미쳤다고 생각하지 말라고 애원한다. 우리는 같은 민족

같은 종자라고 부르짖는다. 지나치는 사람들은 그들의 말을 듣지 못하고 이해하려 하지도 않는다. 그냥 한마디로 미쳤다고 결론지어버리기 일쑤다. 그렇다고 그들은 그렇게 말하는 사람들을 욕하지 않는다. 그들은 우리와 같이 함께 살고 있으며, 살아가야만 하는 우리 이웃이다.

길녀는 문학에 미쳐 어린 시절의 꿈을 나이 들어서까지 가지고 다닌다. 결국은 꿈을 이루지 못하고 나무에 목매 죽을 것을 생각한다. 어느 나무에 목을 맬까 하다가 이 세상 어딘가에 문학 나무가 존재할 거라고 마음을 먹는다. 그 나무를 찾으러 노숙로에 갔다가 정태를 만났다. 문학 나무는 마음속에 있다는 것을 정태를 통해 깨닫는다. 길녀는 지금도 문학의 끈을 놓지 못하고 있다.

명태는 우리나라에도 우라늄이 있다고 주장한다. 정태는 망상증에 시달리고 있다. 길녀 역시 죽을지도 모르는 노숙의 길을 가면서도 이 세상에서 제일 슬픈 소설을 남겨놓겠다고 마음먹는다. 그들은 거의 혼사 다닌다. 함께 몰려다니는 법이 없다. 모든 것을 혼자 생각하고, 혼자 행동하며 해결한다.

지하도에서, 외로운 길모퉁이에서, 가로등 밑에서, 비를 피하는 어느 집 처마 밑에서 몸을 떨며 고독한 날들을 보낸다. 그들을 위로해주는 사람은 아무도 없다. 그들은 위로를 받지도 위로를 하지도 않는다. 다만 오늘 하루가 가고 내일이 온다는 사실 앞에 절망과 시련이 걸려 있을 뿐이다. 그들은 자신의 고집과 아집(我執)을 지상의 최고로 내세운다. 살아 있다는 자체가 지금 자기 자신일 뿐이다. 누구의 동정이나 도움도 원하지 않는다. 어차피 세월은 가고 있고 그들을 누구도 인정해주지 않는다. 그렇다 해도 그들은 힘껏 소리친다. 나는 나이고 세상을 부러워하지 않는다고. 그 어떤 욕심을 내지도 않는다. 바라는 것도 없다고 힘껏 소리쳐보지만 돌아오는 메아리는 없다.

우리는 분명히 우리의 길이 있다고 믿는다. 그 길에서 깨우치고, 느끼며, 반성한다. 그들이 구구절절이 외치는 목소리에 메아리가 대답하길 원하고 있다. 그들 혼자 떠들어대는 목소리에는 어떤 메아리도 되돌아오지 않았다. 미쳤다는 말밖에는. 수없이 들려오는 메아리는 자신의 몸속에서만 울릴 뿐이다. 그 메아리는 자신들의 몸을 때리고 부수고 짓밟아버린다. 정태, 길녀, 명태는 몸속으로 돌아온 메아리 소리를 들으며 희비애락(喜悲哀樂)에 잠기곤 한다.

"별 하나 나 하나, 별 둘 나 둘."

멍석에 누워 얼마를 세었는지 밤하늘이 가물거렸다.

“아- 입 벌려! 꼭꼭 씹어 먹어라.”

엄마의 목소리가 들렸다. 후텁지근한 여름, 마당에는 모깃불이 피어올랐다. 풋풋한 풀냄새와 쑥 타는 냄새와 연기로 가득했다. 모깃불 연기가 밤공기를 휘젓고 있었다. 엄마 곁으로 굴러가 무릎을 베고 또 다른 별을 셀라치면 엄마는 인절미에 설탕을 꾹꾹 묻혀 한입 또 한입 넣어주었다. 그러곤 물었다.

“너, 이 세상에서 제일 큰 새가 무슨 새인지 아니?”

“참새, 제비, 음- 뜸부기!”

“이년아! 그런 거 말고 더 큰 새!”

“알았다. 황새다! 엄마, 하얀 황새가 논바닥에 앉을 때는 무지 크지! 그치 엄마?”

“아-, 입 벌려! 꼭꼭 씹어 먹어!”

설탕을 찍어 먹는 인절미 맛에 침을 한번 삼키고 꼴깍 삼켜버렸다.

“엄마! 이 세상에서 세일 큰 새가 뭔데?”

“응, 그건 먹새란다.”

“먹새가 뭐야?”

“밥을 입으로 먹으면 목구멍으로 넘어가지요, 목구멍이 바로 먹새란다."

엄마는 웃으며 내 목을 자지러지게 간질였다.

"그럼 내가 새라고? 어디 새야 사람이지, 엄마 나 인절미 또 줘!"

입안에 가득 인절미를 넣고 별 아흔 나 아흔, 멍석을 구르며 맛있게 먹었다. 잠에 취한 목소리로 별 아흔아홉 나 아흔아홉, 별 백 나 백, 그러다 잠이 들었다.

다리가 후들후들 떨린다. 이제 겨우 숟가락과 냉면 대접을 집어들 차례다. 그래도 앞에는 열 명도 넘게 줄 서 있다. 그녀는 자꾸 밥 푸는 아줌마 얼굴을 넘겨다본다. 밥이 다 떨어지지 않을까, 국이 다 떨어지지 않을까 조바심에서 오는 불안감이다.

"별을 세면 뭘 해! 엄마도 없고 인절미도 없는데, 별 천 나 천, 젠장 줄 안 서면 안 되나, 이쪽에 와서도 주면 되지, 꼭 한군데서만 줘야 하나!"

그녀는 투덜대며 두 손으로 배를 틀어쥐고 몸을 꼬고 있었다. 벌건 대낮에 별을 세다 말고 유난히 배고픈 점심을 위해 밥 타는 순서가 거의 다 들어간 줄 끝에 서 있다.

오랜 노숙으로 한 끼 거르는 것은 습관이 되어 있으나 이틀을 굶고 난 그녀는 줄을 서서 기다리는 순간에도 허기를 참기가 너무 고통스러웠다. 그녀는 냉면 대접에 밥을 받았다. 콩나물국 한 국자와 절인 무쪽 몇 잎을 집어넣고 두서너 발짝 걷고는 땅바닥에 주저앉았다. 사람들은 여기저기 아무 데나 앉아서 주린 배를 서둘러 채웠다.

말할 것도 없이 모두가 노숙자들이다. 그녀는 점심 한 끼를 위하여 멀리서 소문을 듣고 처음으로 이곳을 물어물어 찾아왔다. 맨 끝 줄부터 기다리는 시간이 길어지자 옛날 엄마한테서 맛있게 받아먹던 인절미를 떠올렸다. 아주 어릴 적 엄마는 옛날이야기도 해주었다.

아빠는 여름밤 모깃불을 피워놓고 마당에는 멍석을 깔아놓았다. 멍석 위를 굴러다니며 별을 세다 배가 고프면 엄마 무릎 위에서 입에 넣어주는 인절미를 먹었다. 어린 시절이 환상처럼 떠올라 기다리는 지루함 속에서도 눈을 감고 배고픔을 잊으려고 인절미를 먹던 고향을 회상했다.

그때의 시골 풍경을 떠올리면 떠올릴수록 마음은 고향의 그날 밤을 기억하고 있었다. 깔아놓은 멍석 앞에는 외양간이 있었고, 쑥 타는 냄새, 소똥 냄새, 달려드는 모기들, 그 마당에서 잠을 자고 밥을 먹었고 옥수수, 군고구마를 먹었다. 그녀는 그때의 모습들이 환영이 되어 떠오를 때마다 미소를 띠며 빠져들었다.

그녀는 노숙자다. 밥을 타 들고 맨땅에 주저앉아 후룩후룩 콩나물국을 마시며 단숨에 한 대접을 먹어치웠다. 벌떡 일어났다. 한두 번 대접을 마시는 시늉을 하며, 숟가락을 입에 넣었다 뺐다 반복하며 입을 열었다.

“개자식! 밤새도록 빨아 처먹고 떠날 때는 젖꼭지에 침을 뱉어! 이놈 이 죽일 놈! 더러운 자식 치사한 놈! 서망벽(鼠忘壁)은 벽불망서(壁不忘鼠)다.”

눈은 붉게 충혈되어 바로 건너 밥을 먹는 두 남자 중 한 남자를 곁눈질해가며 욕을 퍼부어댔다.

“왜 날 쳐다보지?”

“저 미친년이 뭐라는 거야?”

“쥐새끼 같은 놈이라고 하는데요. 내 밥을 갖다줄까?”

“안 돼, 당신이 밥을 가져다주면 저년이 말한 내용을 우리가 덮어쓰는 거야.”

얄팍한 계산이 깔려 있었다. 충혈된 그녀의 눈은 먹이를 찾는 매의 눈빛 같았다.

“저년, 알아?”

"모릅니다."

"어서 먹어치워."

숟가락을 들고 나면 누구나 허겁지겁 쑤셔넣고 국물을 훌쩍 훌쩍 마셔버린다. 오 분도 안 걸려 밥은 먹었다. 점심 식사는 해결되었다. 두 남자도 서로 아는 사이가 아니다. 나이 먹은 사람이 말했다.

"이보우!"

"저요?"

"오늘 바빠요?"

"아니요, 왜요?"

"그럼 이야기 좀 나눕시다. 잠깐 이리 좀 와 보오!"

"왜 그러죠?"

"아까 그 미친년이 서울역 어디서인가 벽치기를 당했다는 것 같던데, 지금 쥐새끼 같은 놈이라 욕하는 것 같았는데, 둘이 같이 들었는데 어째 젊은이께선 그렇게 달리 들을 수가 있소?"

"그녀는 미친년이 아닙니다. 미치질 않았다구요. 배기 너무 고파 헛소리를 하는 것 같아요. 만약 미쳤다면 밥 주는 데 가서 밥을 더 달라고 했을 거요. 그리고 누군가에게 당한 것만은 사실인 것 같습니다만."

"내 말은 밥하고는 상관이 없다니까?"

"그녀는 많이 해본 단수가 높은 여자입니다."

"아니 이보우, 그런 말이 아니고 내가 물어보고 싶은 말은 그녀의 욕이 쥐새끼 같은 놈이라고 한 말이 아니라니까 서, 서 뭐라 했잖우?"

"아 예! 서망벽(鼠忘壁), 벽불망서(壁不忘鼠)라 했습니다."

"그래그래, 그게 무슨 뜻이냐 말이요?"

"잘은 모르지만 쥐는 자신이 벽에 뚫어 놓은 구멍을 잊어버려도, 벽은 쥐가 상처 낸 구멍을 잊어버리지 못한다는 뜻이지요."

나이 먹은 사람은 그녀의 욕도 욕이지만 쥐새끼에 대해 알고 있는 젊은이와 그녀에게 호감이 가는지 자꾸만 젊은이한테 다가서며 말을 걸었다. 분명 젊은이는 배운 사람이고 태도가 예사롭지 않았다. 나이 먹은 이도 한마디 거들었다. 혹시 양상군자라는 말을 아느냐고 물었다. 젊은이가 즉시 하는 말이,

"대들보 위에 군자지요."

했다. 나이 든 사람이 맞다면서, 대들보 위에 쥐라고 말하고는 자꾸만 젊은이를 붙잡으려는 말과 행동을 하고 있었다. 즉시 한마디 던졌다.

"음- 지금 당장 소원이 뭐요?"

젊은이는 술을 실컷 마시고 싶다고 했다. 그러면서 덧붙이는 말이 취해 잠들어서 노래를 부르고 싶다고 했다. 그리고 모든 걸 잊어버린 망각 상태에서 물에 빠져 죽든지, 겨울에 길바닥에 쓰러져 얼어 죽을 거라고 했다. 목숨은 이미 내놓고 다닌다는 말이었다.

그런 심정이야 노숙자들은 누구나 한번쯤은 가지고 있을 법하다. 나이 든 이가 또 물었다.

"평생소원은 뭐요?"

젊은이는 또 술 이야기를 했다. 아마도 술 먹어 본 지가 오래됐거나 이젠 운명을 달리하고 싶은 게 아닐까 하는 생각을 했다. 그리고 젊은이를 세심하게 살펴보고는 바람이나 쏘이러 가자고 했다.

그때 어디를 돌아다니다 왔는지 미친 여자가 저만큼에서 숟가락을 혀로 핥고 입에 넣다 뺐다 하며 밥풀이라도 찾으려는 듯 핥고 또 핥고 있었다. 행여 장난으로라도 누군가 밥 한 숟갈 던지지 않을까, 두리번두리번거리며 무엇인가 찾고 있다. 그녀는 한 손에 대접을 들고 숟가락으로 두드리면 꽹과리잡이처럼 덩실덩실 춤이라도 나올 듯하다. 그러다가 갑자기 그녀의 눈매가 쌩하고 자지러지며 어깨가 축 늘어졌다. 풀이 죽어 머리를 숙이고는 그녀가 남자 앞에 와 섰다. 나이 든 이를 노려봤다. 혼잣말로 욕을 했다.

"파렴치한 개뼉다구 같은 놈들! 그래도 우리는 한민족이잖아! 한민족이니까 줬지, 다른 종자 같으면 절대로 주지 않았어. 우린 한 동포 한 종자야!"

그녀는 스쳐 지나가며 투덜투덜하면서도 눈길 한번 주지 않았다.

"이봐요, 아주머니?"

"왜, 왜, 왜?"

"당장 소원이 뭐요?"

"라면 국물 먹는 거!"

"평생소원은?"

"내 젖 훔쳐먹은 놈한테 젖값 받는 거다! 왜?"

"돈은 필요하지 않소, 돈?"

"돈? 돈 필요하지! 그런데, 어쩌라구?"

"여보쇼! 이 배춧잎파리 어떻소?"

"배춧잎파리를 내게 주려는 이유가 뭐냐?"

그러면서 그녀는 번개처럼 잡아챘다.

"얼마만큼 이쁜 젖이요?"

“좋다. 가자!”

홍정은 빠르게 끝났다. 그러면 천국으로 모시겠소. 나이 먹은 이가 앞장섰다. 겨울을 짐작이라도 한 듯 풀벌레 소리는 마지막 가을을 노래하고 있었고, 악마의 겨울은 가까이서 미소 짓고 있었다. 이들에게 가장 힘들고 견디기 어려운 겨울이 다가오고 있었다. 지금도 참을 수 없는 감정으로 발버둥치며 보고 싶어 하는 사람은 그들의 가족이다.

이 시국에, 이 현실에 누가 이들을 밖으로 내쫓았는가? 아니면 왜 쫓겨난 것인가. 스스로가 가정을 탈출한 것인지는 그들 자신밖에 알 수 없다. 풍비박산이 난 사람들도 가정이란 성(城)을 만들어 그 속에 머문다. 그러나 그들은 성 밖으로 나왔다. 성(城)이 무너진 것이다. 누가 그 성을 허물어버린 것인가. 누가 성을 무너뜨렸는지 한탄스럽다. 누가 그들을 갈 곳 없는 노숙로(路)로 내몰았는가. 그녀의 말대로 우리는 한 동포고 같은 종자인데 이리도 가혹하게 길에서 시달리고 질기게 붙어 있는 목숨 하나를 버리지 못하고 남모르게 밤낮으로 통곡하고 있다.

그들은 희망도 없이 죽음을 갈망한다. 누가 나를, 누가 너를, 혹은 누군가가 이들에게 흰 보자기를 덮어줄 것인가. 그들은 죽는 것만이 문제가 아니라 죽은 다음도 문제이다. 솔직히 이야기한다면 그들은 IMF 잔재들이라고 한다. 그들은 그 시대를, 그 순간을 뒤돌아보지 않는다. 아름답고 듣기 좋은 명예퇴직, 발전적이고 진취적인 가슴 부푼 조기퇴직, 당당하고 떳떳하지 못한 정리해고, 섬세하게 잘 실행한 구조조정, 어디에 해당하느냐가 중요한 것이 아니다. 그들은 평생의 일자리를 잃었다. 나이가 차 당연히 나와야 할 정년퇴직도 있다. 그 나이에도 가정으로 들어가기엔 힘이 남아돈다. 자리는 다음 세대를 위해서 내주어야 한다. 하지만 그들은 회사를 나와서, 가정을 나와서 어쩔 수 없이 스스로 노숙로(露宿路)를 걷고 있는 것이다.

셋은 서로 다른 냄새를 가지고 마주 앉았다.

"자 우리 서로 인사나 나눌까!"

"젊은이부터 본인 소개를 해보지."

"아닙니다. 제일 연장이신 그쪽부터 하시지요."

"그럴까! 나는 회사 다녔지. 정년퇴직을 했고 모든 걸 정리해서 식당을 차렸어. 뜻대로 안 되더군. 빚을 얻어 다른 곳에서 또 식당을 했지만 역시 마음대로 안 돼서 빚만 지고 망해버렸어. 지금도 갚아야 할 돈이 아직 많아. 그러고 나니까 머리가 돌았지. 사람이 겁이 나는 거야. 병원에서 하는 말이 피해망상증 환자라고 해. 아무런 불편은 없는데 사람들이 나를 괴롭히고 피해를 주고, 죽이려고 하는 거야. 엉뚱한 생각이 깊어갈수록 점점 불안만 더해가서 병원에 입원했지. 어떻게 알았는지 빚쟁이 등쌀에 병원에서 쫓겨나고 말았지만, 표면적으로 심하게 나타나는 증상은 없구, 밖으로 돌아다니다 보니 노숙자가 되어버렸다구!"

연장자의 말이 끝나자,

"어떤 식당을 하셨지요, 메뉴는요?"

"이보게, 우리 과거는 너무 지나치게 파고들지 말자고. 흔히들 만나면 과거 이야기에 넌덜머리가 난다니까. 왜 그런지 아나? 우리가 만나기 전에는 돈도 많았고 재주도 좋았고 시절도 좋았고 잘난 체하구 떠들어대다 기분이 나쁘면 술 마시고 취하면 게걸대며, 잠들었다 깨고 나면 허탈한 고독에 게을러지는 매일 반복되는 신세가 아닌가. 그래서는 안 되지, 과거를 잊어. 지금 현실이 가장 중요하다는 말일세. 그래 젊은이는 뭘 하다 이 험한 노숙로를 걷게 되었나?"

"저는 회사원으로 명예퇴직을 했습니다."

"그래, 그러면 우리가 언제 헤어질지 모르니 잠깐이라도 편하게 이름을 붙이고, 그렇게 부르도록 하지. 나는 정년퇴직을 했으니 정태라 하고, 젊은이는 명예퇴직을 했으니 명태라고 하면 될 법하고, 아주머니는 길에서 만났으니 편하게 길녀라고 하면 어떻겠소?"

재미있는 이름이라며 모두 손뼉을 쳤다. 이곳으로 함께 온 이유를 정태가 설명했다. 정태는 점심때 밥을 먹으면서 있었던 상황을 상기(想起)시켰다. 길녀의 욕설 중에서도 한문이 섞여 있었고 그 한문을 알아듣는 명태의 실력으로 보아 머릿속에 먹물이 좀 들어 있다고 생각했다. 지금 여기서 대학을 안 나온 사람 있으면 말해보라고 했다. 셋은 아무도 말하지 않았다. 정태는 솔직히 이야기가 통할 것 같아서 명태와 길녀와 함께 여기까지 동행하였고, 이 집을 알아놓은 지가 얼마 되지 않았으나 이쪽으로 왔을 때 몇 번 자고 간 적이 있다고 설명했다. 사람이 살지 않는 빈집이라 하루 저녁 지내고 깨끗이 치워놓고 가면 된다고 했다. 그러면서 명태를 쳐다보며 자기소개를 계속하라고 했다. 정태는 자신의 나이를 밝히면서 명태 나이를 물었다.

"나는 육십 대야, 명태는 몇 살이지?"

"예, 저는 사십 대입니다."

모처럼 만에 집 안의 방이 낯선지 두리번거렸다.

명태는 아무 말도 하지 않았다. 멍하니 시선을 모으고는 눈을 감았다. 감은 눈가에 눈물이 흘렀다. 그가 먼저 떠올린 건 아내와 아들 두형이었다. 가만히 눈을 뜨며 자신의 가정에 대하여 이야기했다. 생각만 해도 즐겁고 행복한 가정이었다. 아침이면 아내는 분주히 아침 밥상을 준비했다. 나이 들어 시작한 결혼생활치고는 넘치게 행복했다. 밥상을 차릴 때면 두형이는 덩달아 밥상 위 행주질을 했다. 세 살배기 아들이 숟가락을 내밀며 이건 아빠 거, 젓가락을 놓다가 하나 떨어트리고는 그걸 주워들면 그건 엄마 거야 하며 소리쳤다. 두형이는 항시 엄마와 아빠 젓가락을 혼동하며 재롱을 부렸다. 구수하고 향긋한 된장찌개는 보글보글 아직도 상 위에서 끓는다. 밥에는 보리와 콩이 섞여 있었다. 항상 잡곡밥이었다. 아내는 내가 좋아하는 반찬들로 밥상을 가득 채웠다. 멸치고추볶음, 가지찜, 비름나물무침, 깻잎조림, 콩자반, 오이겉절이무침, 신김치, 파김치 등 아내는 열심히 어른들한테 배워 밥상을 늘 계절마다 푸짐하게 차렸다.

"두형 아빠! 어서 드세요!"

명태는 아내 말을 떠올리고는 울음을 터트렸다. 그런 우리 가정이 지금도 남아 있으면 얼마나 좋을까, 명태는 이를 물었다. 그 맛있는 아내가 만든 반찬들이 머릿속을 스쳤다. 며칠 전 점심식사만 해도 잔반이 뒤섞인 듯한 국밥을 누가 보거나 말거나 마구 퍼먹었다.

명태는 제정신이 아닌 것 같았다. 잠시 가정에서의 행복했던 순간이 떠올라 울컥한 모양이다. 정태는 그런 일로 그렇게 슬퍼할 일도 아니라며 다음 순서는 길녀라며 그녀를 흔들었다. 그녀는 조금만 자겠다며 놔두라고 했다. 정태는 부엌에 가서 컵라면을 들고 왔다. 컵라면이 먹기 알맞게 되었을 때쯤 그녀를 다시 깨웠다. 정태는 그녀의 귀에 대고 라면 먹으라며 소리질렀다. 깜짝 놀란 그녀가 벌떡 일어나더니 정색을 하며 고쳐 앉았다. 컵라면을 손에 들고 국물을 후룩후룩 마셨다. 허겁지겁 입안으로 뜨거운 라면을 가득 쑤셔넣었다. 달라는 사람도 없는데 급히 라면을 먹었다. 그리고는 남은 국물까지 다 마셔버렸다.

다음 소개는 길녀라고 하자 그녀는 알았다고 했다. 그러면서 약속을 지키겠다며 얼어 죽을 소개는 무슨 소개냐고 옷을 훨훨 벗어버렸다.

"어서들 빨아 처먹어라! 맛이 제법 괜찮을 거다!"

그러나 길녀의 젖통은 사람의 젖가슴이 아니었다. 권투선수들이 실습용으로 스파링 때 쓰는 바람 빠진 검은 고무공 같았다. 두 개가 매달린 고무공에선 누릿하고 찌든 냄새가 났다. 공이 흔들거렸다. 마치 소달구지 밑으로 철썩철썩 떨어지는 소똥 같이 보였다. 거기엔 팥죽색 같은 유두가 하나씩 박혀 있었다. 검게 그을린 유통은 쭈글쭈글 주름져 있었다. 검은빛으로 번들거렸다. 연둣빛 유두를 얼마나 그리워했던가. 그러나 길녀의 젖가슴은 금방이라도 곪아 터져 누런 피고름이 뚝뚝 떨어질 것처럼 보였다. 소름 끼치는 유통을 보고 명태는 무릎을 꿇었다.

"잘못했습니다. 길녀님!"

"뭘 잘못해, 어서 처먹으라니까!"

길녀가 컵라면 팩을 집어던졌다. 정태의 머리로 날아갔다. 정태가 깜짝 놀라 머리를 바닥에 처박고 숨넘어가는 소리를 했다.

"잘못했소! 내가 아니라 사내들이, 남자들이 잘못했소, 길녀를 괴롭힌 노숙인을 대신해서 비는 거요!"

정태와 명태는 진심으로 자기들이 잘못한 것처럼 길녀한테 빌었다. 길녀는 잘못 없으니 사과하지 말라고 소리를 질러댔다. 그들은 누구도 모르는 정신질환이 재발하고 있었다.

"왜 질겅질겅 씹지 않고, 술 처먹으면 더 지랄들 하면서 왜 내 앞에서 우는 거지. 내 젖이 죽었냐 초상이 났냐? 웃기는 소리 마라! 아직은 쓸 만하다. 같잖은 놈들!"

길녀는 냉혹한 목소리로 큰소리치고 있으나 하얀 흰자위 속의 동공은 초점을 잃은 듯 흐릿하면서 풀이 죽어 있었다. 방 안은 비릿비릿하고 텁텁한 냄새에 구역질이 날 것 같았다. 그들도 참고 견디고 있었다. 고개를 들은 정태가 애원했다.

"길녀! 옷을 입으시오!"

그녀의 옷으로 눈길을 보냈다.

"넌 아까 젖을 먹겠다고 배춧잎파리를 흔들었지. 내가 너의 마음을 모를 줄 아냐! 요망스런 놈! 고양이 불알 앓는 소리 그만하고, 어서 처먹어라! 지금 아니면 구경도 못 할 테니! 왜들 그러느냐, 빛깔이 검어서? 왜 검은 줄 아니? 밤이면 하도 귀찮게 해서 젖에다 연탄재를 발랐다! 그래도 아침이면 하얗게 되더라! 히히히!"

악다구니하는 그녀의 말에 조용한 침묵이 흘렀다. 혼란스런 길바닥에서 자기 집으로 돌아왔다고 착각하고 있었다.

그들은 미쳐버리기 직전인 사람들이다. 미치도록 괴로운 사람들, 그러다 미치지 않으면 안 될 사람들, 미쳐야만 속이 시원한 사람들, 미쳐버리지 않으면 못 배길 불쌍한 사람들이다. 그들은 정상인이 아니다. 겉으로는 정상인 같지만, 마음이 병들어 있었다. 누릿한 냄새가 가득했다.

조용한 침묵은 오래가지 않았다. 길녀가 한 손을 휘저었다.

명태가 몸을 비틀다가 갑자기 용을 쓰며 열십자로 뒤집기 시작했다. 길녀가 소리쳤다.

“이 물건, 간질 하네.”

“맞소! 저건 간질병이오. 소원이 술 실컷 먹어보는 거라는데 소주를 줄까?”

그냥 놔두면 된다며, 두서너 시간은 걸린다고 길녀가 말했다. 간질병을 아는 것처럼.

명태는 서서히 돌기 시작했다. 세 시 방향, 여섯 시 방향, 아홉 시, 열두 시 방향으로 조금씩 움직였다. 지그시 감은 눈은 평온해 보였다. 이따금씩 씰룩대는 입가엔 알 수 없는 미소가 번졌다. 갑자기 움찔했다. 은은하고 잔잔한 미소는 꿈속에서인가 명태가 들리지 않는 소리로 속삭였다.

“저는 길녀님, 젖 안 먹을라요.”

그의 환영은 시작되었다. 소똥 같은 그녀의 젖통에 엄지손가락만한 똥파리가 날아왔다. 자꾸만 여기저기서 날아와 앉는다. 그래, 똥파리는 똥을 먹어야지. 명태는 신이 났다. 파리 놈들이 바글바글했다. 힝힝, 씽씽, 들쑥날쑥, 앉았다 날았다, 꾸역꾸역 모여들어 소똥을 잘도 처먹는다. 명태의 간질병은 길녀의 젖통을 둥글넓적한 소똥으로 착각하고 있었다. 명태는 손뼉을 쳤다. 달라붙는 파리의 행동에 쾌재를 부른다.

그것도 잠시, 아니 이게 웬일인가. 생김새도 무시무시한 놈들이 사방에서 서서히 몰려온다. 딱딱하고 단단해 보이는 검은 갑옷을 입고 모든 걸 부수고 파괴할 듯이 파리를 잡아먹으며 씩씩하고 요란하게 몰려오고 있었다. 검은 젖통을 향해. 검은 쇠똥구리 군단이다. 맨 앞에 앞장선 놈이 호스를 들고 물을 뿌리기 시작했다. 소똥을 먹던 파리들이 도망을 친다. 쇠똥구리들은 똥을 퍼내어 둥글게 덩어리로 만들기 시작했다. 명태의 간질병은 점점 깊은 환각 속으로 빠져들었다. 누구도 알 수 없는 명태의 몽상이다.

순간, 갑작스러운 길녀의 몸놀림은 숙달된 전문적인 교육을 받은 사람처럼 육감적인 춤을 추었다. 그 몸짓은 정태를 홀려보려는 행동이었다. 방안을 이리저리 돌아대며 몸을 흔들었다. 이상한 괴성을 질러가며 알 수 없는 몽환적인 손짓 발짓은 정태를 자꾸만 혼란스럽게 만들었다. 머리는 흐트러져 산발이 되었고 휙휙 몸을 휘감을 적마다 썩은 냄새와 누린내가 방안 가득히 풍겼다. 정태는 숨이 막히는 가슴을 두드리며 자리를 박차고 밖으로 나왔다. 길녀의 몸짓은 어디선가 본 듯한 춤이다. 그것은 바람난 꽃뱀의 능숙한 요분질 같았다.

"길녀! 괜찮아?"

정태가 물었다. 고개를 끄덕였다.

그녀는 옷을 입고 있었다. 시선을 명태 쪽으로 돌렸다.

내가 언제 무슨 일이 있었느냐고 물어보듯 명태가 쳐다봤다. 정태는 길녀와 명태를 번갈아 주시하며 또 무슨 일이 일어날지 긴장하는 눈치였다. 그들은 서로의 행동을 잊었고 물어보지도 않았다.

명태가 맑은 정신으로 돌아왔다. 그는 우리도 잘살 수 있으며, 돈도 벌 수 있고 처음의 생활로 돌아갈 수 있다고 했다. 더 나아가 우리나라까지도 잘살 수 있다고 말하자, 그 말을 정태가 가로막았다. 정말 그런 일이 우리에게도 찾아오겠냐는 것이었다. 몇 시간 전을 기억하며 길녀는 신기한 듯 어서 말해보라고 부추겼다.

명태는 선생처럼 자세를 갖추고 목소리를 가다듬고 옷매무새를 고쳤다. 목소리에는 자신감이 넘쳤다. 명태의 말은 서두부터가 알 수가 없었다. 이해가 안 가더라도 그냥 들어달라는 것이다. 길녀와 정태는 고개를 저었다. 미친 소리일 거야. 틀림없이 간질병 주제에 아는 것이 있을까, 눈을 마주 보며 끄덕이는 길녀와 정태 생각을 명태는 알 리가 없다. 명태가 강의를 시작했다.

“두 분은 아시는지 모르겠지만 우라늄은 정말 좋은 광석입니다. 우리 생활에 정말 없어서는 안 될 아주 훌륭하고 중요한 광물입니다. 우리나라에 다행히 질 좋은 우라늄 광석이 매장되어 있습니다. 그 귀중한 광물을 우리는 캐내지 못하고 있습니다. 우리가 우라늄을 캐내면 우리도 핵을 보유할 수 있습니다. 그런데 우리는 핵을 보유하지 않겠다고 선언을 했습니다. 그것은 핵을 만들 수 있는 우라늄 광석을 캐지 않겠다고 선언한 것과 같습니다. 우리는 핵보유국이 아닙니다. 그것은 전 세계가 모두 알고 있는 사실입니다. 우리는 귀중한 이 보물을 캐내지 않고 보관하고 있습니다. 만약에 우라늄 광석을 채취해서 어렵고 힘든 과정을 거쳐 폐기처분해야 할 물질이 나올 때까지 여러 단계로 복잡한 과정을 끝내면 원자력 발전소에서 쓰는 핵연료가 됩니다. 우라늄을 가공 처리하는 어느 과정에선가 우라늄 4% 정도를 농축하면 작은 분필만 한 펠릿이 가공됩니다. 직경 약 0.25인치, 길이는 0.5인치 정도의 크기를 가지는 이산화우라늄의 융합물이나 실린더로 튜브에 쌓여서 연료 원소봉을 형성합니다. 만약 우라늄 펠릿을 가느다란 파이프에 넣어 수백 개의 관을 만들어 집합해놓으면 바로 원자력 연료봉이 완성되는 겁니다.”

강의를 끝냈다. 지금까지 설명한 내용을 두 분은 이해하느냐고 물었다. 정태는 머리를 끄덕였다.

"이해 좋아하네! 미친놈!"

길녀는 명태가 미쳐도 단단히 미쳐버렸다고 혀를 찼다. 길녀는 그 좋은 게 있으면 뭘 해! 캐지도 못한다며, 그런 걸 말도 안 되게 지껄인다고 명태가 안 들리는 소리로 킥킥대고 있었다.

명태의 강의는 점점 심오해졌다. 여기가 가장 중요한 대목이라는 거다. 그것은 5g의 우라늄 펠릿 길이는 1.2㎝인데 그 하나에서 나오는 전기 에너지는 한 가정에서 8개월을 쓸 수 있는 전기량이라고 했다. 또한 원자력 발전소에서 우라늄 1g이 만들어 내는 에너지는 석유 아홉 드럼 또는 석탄 3t이 탈 때 나오는 에너지와 맞먹을 정도로 굉장한 양의 에너지가 나온다는 것이다. 우라늄을 가공한 펠릿은 겨우 5g인데 고기 600g을 비교하면 근처도 못 가는 아주 작은 양의 펠릿이 그렇게 많은 에너지를 나오게 한다는 것이다.

명태 놈이 제대로 알고나 하는 소리인지는 모르지만 미쳐서 헛소리하는 것이라고 정태와 길녀는 작은 소리로 속삭였다. 명태는 둘이서 시큰둥하게 듣거나 말거나 강의는 더욱 불이 붙기 시작했다. 그는 교수님처럼 보였다. 우리도 언젠가는 핵을 개발

해야 한다면서 살아가는 데 꼭 필요한 펠릿만을 만들어 사용한다면 석탄이나 기름도 절약하고, 그리되면 지금보다 더 잘사는 우리나라가 될 것이라고 흥분하고 있었다. 명태는 손뼉을 치며 신이 나서 설명을 했다.

"자 보십시오, 우리나라는 예로부터 삼천리 금수강산입니다. 우리나라는 산맥이 많습니다. 백두산을 기점으로 서쪽으로 압록강이 흐르고 동쪽으로는 두만강이 흐릅니다. 백두산 너머로는 장백산맥이 뻗어 있고, 백두산 남쪽으로는 낭림산맥이 내려오고 있습니다. 함경남북도에는 함경산맥, 마천령산맥이 있지요. 낭림산맥에 이어져 서쪽으로는 강남산맥, 적유령산맥, 묘향산맥, 멸악산맥, 언진산맥, 남쪽으로 뻗어 내린 태백산맥, 서쪽으로 내려간 차령산맥, 소백산맥, 모든 산맥이 다 기억이 나지 않지만 우리나라에는 산이 많습니다. 산속 곳곳에는 우라늄 광물이 묻혀 있습니다. 더욱이나 중요한 것은 지구의 화산이 터져 처음으로 땅덩어리가 생겼을 때 화산에서 올라온 불덩어리가 식으며 그 파장으로 육지에서 바닷속까지 화산 능선이 크고 작게 주름이 형성되어 가다가 독도에 가서 끝이 난 것입니다. 그래서 우라늄 역시 독도까지만 묻혀 있을 뿐, 더 나가서는 발견되지 않는다는 것이 저의 연구 결과입니다."

정태와 길녀는 손뼉을 쳤다. 길녀는 명태가 미쳐도 단단히 미쳤고 누구도 알 수 없는 소리를 제멋대로 지어내어 지껄이고 있다고 나무랐다. 정태는 길녀 말에 반대했다. 배우지 않고는 그렇게 설명할 수가 없다는 것이다. 우라늄 이야기가 맞는지는 자기도 처음 듣는 이야기라고 하자 길녀가 정태의 말꼬리를 잡으며 흥분해 소리쳤다.

"당신은 조그만 회사에서 정년 했다며, 그 주제에 뭘 안다고 남의 말을 막고 난리야! 할 말 있으면 해보지! 별것도 아닌 주제에!"

명태는 길녀와 정태가 싸운다고 판단했는지 길녀에게 간곡히 말했다. 그러지 마시고 정태 어른 이야기 좀 들려주시라고 했다.

정태는 눈을 감았다. 무거운 침묵이 그들의 어깨를 짓눌렀다. 저러다 그대로 잠을 자려는가, 길녀의 빈정대는 소리에 정태는 눈을 떴다. 길녀와 얼굴이 마주쳤다. 그녀는 팥죽색 입술에 침을 발라 번들거렸다. 입술은 발밑에서 터져버린 송충이처럼 보였다. 정태의 눈동자가 반짝 빛났다.

정태는 살아온 이야기를 하기 시작했다. 강가에 있는 파밭 이만 평은 아버지 유산이라고 했다. 아버지는 파밭을 열심히 가꾸어냈다. 철 따라 다른 장물도 길러 시장에 팔아 가정을 돌보았고 정태를 대학까지 보냈다. 정태에겐 여동생이 하나 있었다. 그녀는 소아마비 환자였고 정태 아버지는 정태가 대학을 다닐 때 정태에게 이야길 해주었다. 세월이 가면 파밭은 인천에서 들어오는 항구가 들어설 자리라고 했다. 정태는 그것을 어떻게 믿느냐고 물었을 때 정태 아버지는 파밭 주인들 몇이 이야기하는 소리를 들었다고 했다. 벌써 인천에서 한강의 수로 공사를 시작했다는 것이다. 정태 아버지는 파밭은 금값이 될 터이니 자기가 죽고 난 뒤에도 절대로 팔지 말라고 신신당부했었다. 정태가 대학을 다니던 시절 아버지를 따라 파밭에 간 적이 있었다. 싱싱한 대파가 정태 무릎까지 올라오는 파밭은 시작부터 끝이 가물가물하게 보일 정도였다. 그날 정태는 아버지 일을 도와가며 하루를 마치고 집에 오는 길에도 아버지는 자기가 죽어도 파밭은 팔지 말라는 소리를 귀에 딱지가 앉도록 했었다. 정태는 그러겠노라고 말씀드렸다. 정태의 꿈을 향한 결심은 그때부터 청사진으로 싹트기 시작했다.

정태는 사람들이 꿈에 그리는 아름다운 항구를 건설할 계획을 세웠다. 정태는 기회를 봐서 세계 3대 미항으로 알려진 시드니, 나폴리, 부에노스아이레스에 다녀올 계획을 했다. 정태는 강 안쪽 파밭만 개발하기로 맘먹었다. 범위를 자꾸 넓게만 잡을 수가 없었다. 그렇게 많은 공사를 할 수 없다고 결론지었다.

공사는 자신이 할 수 있는 능력의 범위 내에서 하겠다고 생각했다. 항구가 건설되면 전 세계의 배들이 항구로 들어올 것이다. 그러면, 배로 실어 오는 화물을 내려놓을 자리가 있어야 하고, 사람들이 찾아오면 잠잘 곳이 있어야 한다. 그렇다면 물류센터와 호텔을 지어야 한다. 외국인 관광객은 물론 미국, 유럽, 영국, 러시아 등 전 세계 무역하는 상선 배들이 들락거리면 그들이 먹고, 쓰고, 소비할 먹거리도 만만치 않을 것이다. 정태는 대형 크루즈선이 들어오는 커다란 항구도시가 될 거라고 예상했다. 정태는 한강의 기적을 만들어낸 우리나라를 관광하러 오는 관광객이 매일 수천 명이 넘을 것으로 생각했다.

정태는 안개 낀 강변을 걸으며 파밭을 내려다보았다. 저기에 꿈을 대파처럼 가꾸겠다고 다짐을 했다. 파밭 위에 항구를 세울 것을 천명하면서 안개 속 항구를 미리부터 점쳐보고 있었다. 새롭게 단장한 아름다운 항구를 만들어야 한다고 중얼거렸다. 일부는 물류단지로 만들어 화물 전용으로 사용하고 나머지는 먼저 세계에서 제일 높은 무역 비즈니스 타워를 짓되 호텔 따로, 상가 따로, 오피스텔 등 따로따로 짓는 것보다는 하나의 빌딩에 복합으로 쓸 수 있는 주상복합타워를 설계하기로 했다.

일 층부터 삼십 층까지는 상가, 삼십 층 위로 오십 층까지 오피스텔, 그 위로 다시 오십 층은 아파트, 그 위로 십여 층은 집회 장소로, 맨 위로는 각 나라별 식당 및 라운지로 설계를 했다. 들어오는 관문이므로 서울의 마크타워로 알아볼 수 있도록 해야 한다. 상가 배치는 국제적으로 이름 있는 마케팅 연구가의 자문을 얻어 각 나라별로 유명 브랜드사의 의견에 따라 위치와 품목 등을 세밀히 조사하여 상가를 배분할 것이다. 단순히 우리나라만의 백화점이 아니라 세계적인 백화점으로 만들 계획이다. 진열될 상품들은 최상품으로 하여 국제적으로 이름난 의류, 보석, 화장품, 어린이들을 위한 완구부터 학용품, 장난감 코너도 만들 계획이다.

오피스텔은 세계 각 나라별로 사무실로 사용하는 최첨단 집무실로 만들어질 것이다. 아파트도 한 가족이 살아야 할 경우를 생각해서 가족들이 따로 사용할 수 있도록 설계할 계획이다. 집회 장소로 십여 층을 남겼지만 회의 장소가 남는다면 다른 용도로 전문가와 상의해서 바꿀 계획이다. 맨 꼭대기 몇 층은 식당과 라운지로 사용할 것이다. 각 나라별 식당이 모자라면 지하층을 식당가로 사용하는 방법도 생각해보기로 했다.

정태만 가지고 있는 커다란 꿈과 계획은 누구에게도 발설하지 않고 자신과 아버지만이 간직했다. 회사에서 퇴임하던 날 정태는 아버지를 찾아가 실현하기 어렵다고 이야기했다. 정태의 정년퇴직에 앞서 아버지 건강도 날로 쇠약해가기 때문이다.

"문제는 돈입니다."

"그래, 그러면 그 계획을 반으로 줄이고 우리나라 고유의 상가로 짓는 게 어떠냐?"

"어쨌든 돈이 하나도 없지 않습니까?"

"정이나 그러면 파밭을 절반을 팔아 돈대로만 지으면 어떨까?"

정태는 아버지 말씀을 존중했다. 아버지를 홀로 두고 요양원 문을 나섰다. 정태는 아버지 말씀을 깊이 간직하고 파밭으로 달려갔다. 파밭이 눈앞에 보였다. 대파도 보였다. 대파꽃 위로 노랑나비 흰나비가 구름처럼 날아다녔다. 하늘에선 하얀 햇빛이 가루가 되어 쏟아져내렸다.

어디선가 뱃고동 소리가 들려왔다. 소리를 내며 배는 항구로 들어오고 있었다. 바로 크루즈선이었다. 파밭 내신 한강물이 햇빛에 반짝이며 부서지고 있었다. 정태의 꿈도 나비가 되어 날아가고 있었다. 이제는 꿈을 잃어버리고 갈 곳을 찾지 못했다며 정처 없이 걷고 있다고 말했다.

정태의 말이 끝날 새 없이 명태가 소리쳤다. 지금까지 말한 것은 정태 자신이 환영에 사로잡혀 고정관념에서 풀려나지 못하고 자기 자신을 묶어버린 결과라고 했다. 정태는 풀리지 않는 환상 속을 헤매고 있었다. 환상 속으로 들어가면 갈수록 마음속의 고민은 커져만 갔다. 이를 해결하기 위해 애태우다 노숙로를 찾았으나 아무런 답을 얻지 못했다고 했다. 노숙로에 들어가기만 하면 어려운 일이 해결될 것이라 생각했지만, 이 세상에 노숙로는 없다고 명태가 힘주어 말했다.

마음속의 환상으로 존재하는 파발의 꿈은 일찍이 잊어야 했었다고 말했다. 아버지의 존재를 뒤따라 더 크고 아름다운 항구도시를 계획하는 허망한 꿈은 하지 말았어야 했다고 정태를 꾸짖었다. 엄격히 말하면 정태의 꿈은 존재할 수 없는 환영이라며, 마음속에 박혀 있는 상상을 칼로 도려내지 못하고 상상 속의 노숙로를 만들고, 방황하며 마음의 상처를 받고 있다고 냉철하게 꼬집었다. 그러나 명태는 어찌할 수 없는 현실을 우리끼리라도 서로 나무라지 말고, 서로 이해해주고 격려해주자며 정태를 위로했다.

"그래 맞다! 노숙로에 있는 사람이나 없는 사람이나 우리는 동포이자 한 종자다! 우리 스스로가 만들어놓고는 거기에 우리가 찾아야 할 목표가 있다고 고집하는 이 길마저 없앨 수는 없어!"

길녀가 끼어들었다. 그녀는 또 허구 속으로 빠지다가 없는 것을 있는 것으로 단정해버리는 명태의 우라늄 광석도 있기만 하면 캐내어 생활에 유용한 펠릿도 만들어 쓰고 더 나가 수출도 하면 일자리도 늘어나고 나라가 더 부강해질 수 있다는 상상도 노숙로에 들어와 터득하고 찾아낼 수 있었다고 말했다. 명태 자신도 그런 길은 없다면서도 날만 새면 하늘을 보고 땅을 보면서 있다고 고집을 부리고 있었다.

지나가는 사람들이 보기엔 실성했거나 미쳤다고 할지 모르지만, 그들은 정말 미친 사람들일까. 길녀는 낮에 했던 자신의 행동이 미친 짓이었는지 자기 자신에게 물었다. 노숙로를 가고 있는 사람이나 스쳐 지나가는 사람이나 우리는 같은 종자라며 세상은 욕심만 버리면 살 만한 곳인데 왜 사람들은 현실을 그렇게 부정하면서 사는지 모르겠다고 머리를 흔들었다.

"그래, 맞는 말이다!"

정태가 맞장구치며 지옥으로 가보자고 옆문을 열었다.

지옥은 식사 시간이었다. 긴 식탁은 끝이 보이지 않았다. 식탁 위에는 먹음직스러운 음식들로 가득했다. 식탁의 폭은 넓었다. 마주 보고 있는 지옥 사람들은 하나같이 장대처럼 말라 있었다. 얼굴은 말랐고 붉은 눈알은 튀어나와 있었다. 그들은 마주 보고 있었고 오른쪽에는 누구 할 것 없이 길다란 젓가락이 한 쌍씩 놓여 있었다. 그들은 기도하고 다 같이 무어라 중얼거렸다. 먹으라는 신호가 떨어졌는지 젓가락을 집어들었다. 그들은 열심히 입맛을 다시고 입으로는 쩝쩝 소리를 내며, 코로는 쉴 새 없이 냄새를 맡았다. 허기진 뱃속에서는 꿍꿍 알 수 없는 괴상한 소리가 났다. 쥐들이 찍찍거리는 소리도 들리는 듯했다. 개들이 밥그릇을 놓고 으르렁대는 소리도 들렸다. 그런가 하면 닭들이 몰려와 모이를 쪼아 먹는 모습 같기도 했다. 그들은 못 견디겠다는 듯이 몸을 비틀고 밥상 앞에서 이상한 소리를 내며 쩔쩔매고 있었다. 그들은 입에 들어가는 음식이 하나도 없었다. 젓가락이 너무 길어서 음식을 입에 넣으려고 팔을 쭉 뻗었으나 젓가락으로 집은 음식은 머리 뒤로 가 있었다. 음식을 하나도 먹지 못하고 젓가락질만 요란하더니 식사 끝을 알리는 종소리가 났다. 그들은 화가 난 얼굴로 연신 중얼거리며 모두 일어났다. 지옥의 식사는 그렇게 끝났다.

길녀와 명태가 천당에 가보자고 정태를 졸라댔다. 정태가 반대쪽 문을 열었다. 천당의 식사 시간은 아직 끝나지 않았다. 그들의 얼굴은 살이 쪄 있었고, 몸들도 건강해 보였다. 홍조 띤 얼굴이 뽀얗게 빛났다. 평화롭고 즐거운 분위기였다. 음식을 즐기며 먹는 식사 시간이었다. 그들 앞에도 지옥과 같은 길이의 젓가락이 놓여 있었다. 하지만 그들은 음식을 맛있게 즐기고 있었다. 오른쪽에 있는 긴 젓가락 끝이 앞사람 턱 앞에 있었다. 앞사람이 먹고 싶은 음식을 눈짓하면 맞은편 사람이 젓가락으로 음식을 집어 입에다 넣어주었다. 고맙다는 인사를 눈짓으로 나누며 집어준 음식을 오물오물 맛있게 먹는다. 그리고는 앞사람한테 눈빛으로 감사의 뜻을 표한다. 이어 앞사람이 당신이 먹고 싶은 것이 뭐냐고 눈짓을 하면 그 앞사람은 맞은편 사람이 눈빛으로 가리킨 음식을 집어 그에게 먹여주었다. 앞사람은 고맙다고 웃어주었다. 그들은 식사 시간 동안 서두르지 않았다. 천천히 웃으면서 고루고루 먹고 싶은 만큼 먹었다. 그들이 먹고 웃을 때 식사 시간이 끝나는 음악이 나왔다. 잘 먹었다고 인사를 하며 자리에서 일어났다.

저승의 젓가락이 긴 이유를 알았다고 길녀가 말했다. 정태가 천당 문을 닫았다. 저승에 가서 천당 밥을 먹으려면 이승에서 이웃에게 가족에게 많이 베풀고 가야만 천당 밥을 먹을 수 있다며, 이승의 이야기를 하자며 정태가 길녀 눈을 주시했다.

"길녀는 어린 시절이 기억나?"

정태가 물었다.

"나지요."

"들어볼 수 있을까?"

길녀는 오지에서 태어났다고 했다. 그녀 밑으로 남동생이 하나 있었다. 초등학교, 중학교는 시골에서 다녔다. 엄마의 성화로 서울 고모 집으로 가서 고모네 일을 도와주며 고등학교를 졸업했다. 길녀는 어렸을 때부터 책 읽기를 좋아했다. 읽을 책만 있으면 며칠 동안이라도 밥을 굶고도 읽었다. 그의 꿈은 작가가 되는 것이었다. 대학도 문예창작과를 졸업했다. 좋아하는 시인은 김소월이었고 그의 시를 항시 암송하며 다녔는데 그중에서도 진달래꽃을 가장 좋아했다. 시를 여러 편 쓰기도 했으나 혼자만 읽는 시가 되었다. 어느 날 신문에서 소설 부분의 단편 공모전을 보고 응모했다. 제목은 「와불(臥佛)」이었고 응모한 단편이 당선되었다. 그 길로 소설을 쓰기로 마음먹었다.

그런 중 그녀의 결심을 앞지른 것이 혼인에 대한 이야기였다. 젊은 총각은 바로 고모네 건물에서 세 들어 장사하는 사람이고 보니 고모나 고모부도 잘 알고 있는 것이 혼사에 결정적 요인이었다. 더구나 젊은이는 키가 크고 이목구비가 뚜렷해서 누가 봐도 배우 같다고 생각했다. 주위에서 하는 말들은 시골 형편에 대학을 나와 취직도 못 하고, 놀면서 소설을 쓴다고 하니 소설이 밥이 나오나 떡이 나오나 하는 식이었다. 부모님은 결혼을 허락했다. 길녀는 결혼했다. 열심히 행복하게 살았지만, 결혼생활 오 년이 되자 이혼 말이 나왔다. 시댁의 대를 이을 자손을 낳아주질 못했다는 것이다. 병원에서는 불임이라는 처방이 나왔고 시댁에선 이혼을 완강히 주장했다. 길녀는 하는 수 없이 이혼을 했다.

한두 해 시간이 지난 뒤 돈 많은 영감과 재혼을 했다. 그리로 가면 아무 걱정 없이 좋은 환경에서 글을 쓸 수 있을 줄 알았다. 그 집은 길녀가 한번도 보지 못한 가구며, 생활에 필요한 현대식 물건들로 가득했다. 편한 생활이었다. 정말 글을 쓰기 좋은 환경이라고 생각했으나 글은 정작 나오지 않았다. 영감은 밤낮을 가리지 않고 동물적인 자극을 원했다. 걱정 없이 글이 나올 줄 알았던 생각도 몇 년 가지 못하고 길녀는 그 집에서 나와야 했다. 영감은 원하는 것은 모두 다 해준다 했으나 길녀는 아무 말도 하지 않고 몸만 빠져나왔다.

그녀는 고향으로 내려갔다. 부모님은 많이 늙으셨다. 다행히 작은며느리가 착해서 남동생은 부모님을 잘 모시며 살고 있었다. 길녀는 고향에 계속 머물 수가 없었다. 고향을 떠나 절로 향했다. 조용한 곳에서 글을 쓸 수 있을 것으로 생각하였다.

길녀는 어느 산모퉁이를 돌다 머리에 벼락을 맞았다. 그녀는 등산객의 도움으로 병원에 입원을 했다. 병원에서는 보호자를 찾았지만 보호자는 없었다. 그래서 길녀는 돈 많은 영감을 보호자라고 했다. 영감 덕분에 1년 가까이 병원 신세를 졌다. 길녀는 완쾌된 것은 아니지만, 더 이상 영감한테 신세를 질 수가 없었다. 그 길로 병원을 도망치듯 나왔다. 하지만 벼락 맞은 머리는 아직도 완전하지 못한 상태로 갈 곳을 찾지 못하고 노숙자가 되어 여기까지 왔다고 말했다.

길녀는 아직 할 말이 남았는지 마른침을 꼴깍 삼키며 또 입을 계속 열었다.

"나는 글을 쓰려고 하지만 글이 나오질 않아! 그래서 문학 나무를 꼭 찾아야 해! 몇 년을 헤매지만 찾지 못했어! 내게 말해 준 사람이 그러는데 하루이틀, 일이 년에 찾기는 어렵다는 거야! 열심히 찾다 보면 아주 가까운 곳에서 우연히 발견된다는 거지. 눈만 뜨면 찾고 있어!"

"찾으면 어쩌려구?"

정태가 물었다.

"나는 그 나무에 목을 매고 죽을 거야. 내가 할 일은 오직 그 일만 남았어."

길녀의 사연은 뜻을 이루지 못한 이무기라고 명태가 거들었다. 듣고 있던 정태가 길녀를 위로했다.

"글은 아무 데서나 때와 장소 없이 쓰면 되지, 쓸 곳을 찾을 필요는 없어. 틀림없이 있을 거야. 그 나무가 가까운 곳에 있다는 것은 스스로가 그 나무를 찾아서, 아니면 만들어서 그 나무를 문학 나무라고 이름을 붙이면 되는 것 같은데, 문학 나무를 찾고 만든다는 말은 글을 써야 한다는 뜻이고, 쓴 글이 하나의 제목으로 구실을 할 수 있는 나무로 스스로 마음속에 키워야 하는 걸로 알고 있어. 하나의 제목이 될 수 있는 값진 이야기를 글로 써서 독자들에게 기쁨을 주면 되지 않을까. 귀중한 문학 나무는 길녀의 마음속에 싹트며 자라고 있다고 보는데, 길녀 생각은 어때?"

길녀는 한참 생각하는 눈치였다.

"아- 맞다. 그 나무는 내 마음속에 있는 거였어!"

길녀는 소리치며 이제야 알았다고 기뻐했다. 길녀는 모든 것이 마음속에 있다는 걸 깨우치는 데 평생을 소비했다.

"왜, 진작 알았으면 지금쯤 글은 썼을 텐데."

"글쎄, 노숙의 길은 그렇게 멀고 힘든 고통을 겪은 뒤에 알게 된다니까."

정태는 험한 노숙로를 모두 겪어왔고 지금도 가고 있다며 자신이 걸어서 깨우친 노숙의 길을 상상하고 있었다.

그들은 날이 밝으면 각자의 허구를 안고 서로 다른 노숙로를 걸어야 한다. 오랜만에 정태의 초대를 받아 그들은 방으로 들어왔다. 방은 불편한 것 같지만 과거를 이야기하기엔 좋은 곳이었다. 그들만의 천국인 것이다. 내일은 어디로 가야 하는가. 같이 가면 안 되나. 노숙인들에게는 그런 말은 없다. 오직 자신만이 발길 가는 대로 생각대로 갈 뿐이다.

정태가 다시 심중에 고여 있던 지난날을 다시 한번 더듬었다. 굳게 다문 입을 열었다.

"방황은 끝이다."

그는 더는 노숙로를 가지 않겠다고 했다. 세상을 의심할 필요도 없고 세상 사람들을 의심할 여지는 더욱 없다는 것이다. 누구한테 선의의 피해를 봤다고 해서 피해 본 만큼 갚아야 한다는 것도 욕심이다.

정태는 지난 대학 시절부터 파밭에 대한 꿈을 계획했었다. 아버지는 분명 자기 땅이라고 했고 정태에게 물려주겠다고 했다. 정태는 학창 시절에도 군대에서도, 사회에 나와 직장생활 할 때도 끊임없이 파밭의 환상을 간직했다.

마음은 언제나 파밭에다 세계에서 제일 높은 비즈니스 타워를 짓는 것이었다. 아버지 또한 목숨이 붙어 있는 한 정태가 꼭 지어주길 바라고 있었다. 정태의 꿈의 설계는 나이가 들어갈수록 아버지가 원하는 것을 충족시키지 못했다. 하지만 정태는 꿈을 실현하겠다는 신념을 한번도 포기한 적은 없었다.

빌딩을 짓는 데만도 긴 세월이 필요했다. 더구나 우리나라 기술만으로는 지을 수가 없었다. 건축 설계는 물론 자재도 외국산을 써야 할 것이다. 계획한 조건이 좁혀질수록 들어가는 돈은 천문학적 숫자였다. 외국 자본을 끌어들여 짓는다는 것도 정태로서는 엄두도 낼 수가 없었다. 상가 30층에 들어갈 각 나라들의 유명한 브랜드만 하더라도 그 종류는 셀 수 없이 방대했다. 상가를 지어놓고 분양하는 문제도 심각했다. 단지 꿈을 실현하겠다는 신념으로만 살아온 정태에게는 몽상적인 장애를 가져오는 결과를 초래하였다. 어느 때인가 막연하게 설계한 빌딩은 실제로 실존하는 진짜 건물이라고 철석같이 믿어버렸다. 실제로 세계적인 빌딩을 가졌다고 생각하고는 마음 졸이며 겁에 질려 살아왔는지도 모른다. 자신과도 아무런 관계가 없는 사람이 돈을 내놓으라고 협박하며 달려들기도 했었다. 빌딩을 폭파하겠다는 유언비어도 들었다.

정태는 혼잡한 도시에서 상상의 세계 속에서 살아야 했다. 하지만 정태는 누구한테도 발설할 수 없는 자기만의 꿈을 버리지 못하고 소중히 간직하며 오랜 세월을 기다려왔다.

그러나 그 꿈 자체가 자신도 모르게 찾아온 병적인 망상장애라는 진단이 내려졌다. 겉으로 보기에 나타나는 증상은 없었다. 의사의 진단이나 약물 처방도 무시해버렸다. 정태는 등산, 자전거 타기, 헬스를 다니며 몸을 단련시켰다. 그러던 어느 날 자신도 모르게 자꾸만 밖으로 나가게 되었다.

정태는 아버지를 찾아뵙고 사실을 고백했다. 그러나 아버지는 방법을 가르쳐주면서까지 파밭에 건물을 지어주기를 바랐다. 아버지 노환이 더욱 심해지기 얼마 전 정태는 아버지 땅을 확인하러 구청엘 갔다. 아버지 앞으로 이만 평은 확실히 등기가 되어 있었다. 한문으로 밭전(田)자가 확실했다. 그러나 파밭은 벌써 정부에서 수용하여 밭 임자들에게 보상 금액을 돌려준 상태였다.

경인 수로 아라뱃길 공사가 시작되었다. 정태 아버지는 고향에서 올라와 그 파 농사를 지으며 정태를 공부시키고 가족을 먹여 살렸다. 정태 아버지는 부지런하며 시골 농사에 비하면 파 농사는 힘 안 드는 농사라고 말했다. 정태는 아버지 이름으로 되어 있는 파밭을 정부 고시가로 평당 2천 원씩 4천만 원을 정부로부터 찾아가라는 통보를 확인했다.

그는 돈을 찾아 태안 앞바다에 오랫동안 비어 있던 초가집과 얼마간의 밭을 사놓았다. 이제 노숙의 길로 들어가지 않겠다고 결심했다. 정태는 지금까지 살아온 지난날은 모두가 쓸데없는 욕심에서 온 삶이었다고 노숙로에서 깨달았다며, 이제 방황은 끝이라고 마음을 털어놓았다.

길녀가 우리도 데려가라고 애원했다. 명태도 함께 가겠다고 소리쳤으나 정태는 대답하지 않았다. 명태가 입을 열었다.

"저는 아직 깨달은 것이 없습니다. 나이는 제일 어리지만 정태 어르신처럼 자기의 길을 찾지 못하고 있습니다. 저에게 가장 문제가 되는 것은 사람들한테 이야길 들려주면 전혀 이해를 못 한다는 게 저로서는 참을 수 없는 고통입니다. 언제쯤이면 제 이야기가 재미있어 더 해달라는 요청을 받게 될는지 그것도 노숙로에서 터득이 될까요?"

"깨달아야 해! 어떻게든 더 많이 걷고 더 많이 생각하고 그런 다음 결론을 내려야 한다구! 우라늄에 관한 이야기는 맞는 이야기인가?"

정태가 호기심으로 물었다. 명태는 대답하지 않았다.

"이봐 명태! 우리나라엔 우라늄 광석이 나오질 않아. 땅속에 없다고. 아직 나이가 있으니까 선생님으로 직업을 바꿔보시지. 그 나이에 말이 명예퇴직이지 다니던 회사가 퇴직하길 권유했을 거야. 다시 말하면 명태는 명예퇴직(名譽退職)이 아니라 권고사직(勸告辭職)이 된 거라니까. 물론 회사가 어렵기 때문에 생기는 일들이지만."

정태 말을 듣고 난 명태는 지금 생각하면 그 말이 맞는 것 같다고 끄덕이면서 우라늄에 대해 말씀드린 부분은 거의 맞는 말이라고 고집했다. 사람들이 너무도 모르고 있어 초등학교 때부터 교육을 해야 한다고 강조했다. 간질병은 언제부터 시작되었느냐고 길녀가 물었다.

"저는 그런 병은 없는데요."

정태가 눈을 동그랗게 뜨며,

"어찌 그리 경거망동(輕擧妄動)한 소리를?"

정태가 하는 말에는 뼈가 들어 있었다. 자기에게 어떤 병이 있더라도 남이 말해주는 건 자존심을 건드리는 짓이다. 도움이 되지도 않고 도와줄 수도 없으면서 그냥 말로만 건드려보는 말은 별 의미가 없는 일이다. 그냥 있으면 있는가보다 넘어가면 되는데 언제부터 병이 시작되었는가를 굳이 물어볼 필요는 없다고 꾸짖었다.

"좀 물어보면 안 돼!"

길녀가 화가 나는지 식식거렸다. 정태는 안 된다고 대답했다.

"그것은 마치 길녀가 애를 못 낳고 있는 것을 왜 못 낳지 하고 물어본다면 길녀는 기분이 좋겠어! 못 낳는 것도 억울한데 왜 못 낳느냐고 물어볼 필요는 없다고 생각해."

정태가 다그쳐 반박을 했다. 정태 말은 자존심 건드리는 말은 할 필요가 없다는 것이다. 상대방을 자세히 파고들어 알아보려는 자체가 나쁘다고 했다. 그런 사람이 상대를 우습게 보거나 얕잡아 보는 경향이 있다며 그것은 결코 좋은 생각이 아니라고 길녀를 공격했다. 정태가 또다시 화를 내며 대들었다. 길녀는 살아가며 주제 파악을 너무 안 한다는 것이다. 자기 자신은 너무 많은 결함을 갖고 있으면서 남의 결함을 조금이라도 알게 되면 굉장한 거나 발견한 듯 조롱하며 뒤돌아서 폄훼(貶毁)하는 습관이 은연중 있다며, 간질이 있으면 있는 거지, 길녀하고 무슨 상관이냐고 따져 물었다.

화가 난 길녀는 자기들이 남자라고 한 편이 되어서 덤비는 거냐고 소리질렀다. 길녀가 공격을 계속했다. 남자라는 인간들은 알 수 없는 동물들이라고 말했다. 평상시에도 여자만 보면 환장하는, 개만도 못한 인간이라고 거품을 일으키자 정태가 다시 공격했다. 그것은 환장이라고 말하지 않고 자연현상에서 오는 인간의 본능이라고 말했다. 자연현상이란 사계절이 바뀌는 것을 말하고 배가 고프면 밥을 먹어야 하는 것은 인간의 본능이라고 말했다. 인간이라면 누구나 밥을 먹지 않으면 살 수가 없다. 맛있는 것, 냄새가 좋고 보기에도 좋은 음식을 가려가며 배불리 골라 먹는다.

그러나 먹지 않으면 종족 보존 본능의 생각이 없어진다. 곡기를 끊으면 인간은 죽기 때문이다. 지구상에 있는 모든 동식물들은 숨을 쉬고 있는 한 자신의 종족을 보존하고 싶어 한다. 인간 배 속의 회충까지도 알을 낳고 싶으면 암수가 한 몸에 들어있어 교접한다. 흙 속의 지렁이도 마찬가지다. 정태 말이 끝나기도 전에 길녀가 말을 잘랐다.

"인간들은 왜 시도 때도 없이 지랄들이야?"

길녀가 발악을 치며 소리질렀다. 뒤질세라 정태가 반격을 했다.

"그것은 일찍부터 교육이 불충분한 부분도 있지. 예를 들어, 아주 어렸을 때부터 손발이 붙어 있는 사람의 해골 인형으로 교육을 했다면 자라서도 그 학습 도구를 보고 무서워하지도 않고 아무렇지도 않게 여겼을 거야. 실물을 보지 못하고 교육을 받은 우리 세대는 갑자기 해골을 내보이면 두렵고 섬뜩함을 느끼지. 그것을 보는 선입견 자체가 생소하고 친숙해 있지 않다는 증거라고. 다시 말해 인간의 종족 보존 방법도 어려서부터 세밀하게 학술적으로 교육을 받아 왔다면 성장해가면서 별것 아니라는 선입견으로 종족 보존 관계를 미리 알고 이해가 빨랐을 것을, 종족 보존 자체를 알 수 없게 싸고 또 싸고 출산 과정도 알 수도 없게 신비 속에 싸인 것인 양 우리 세대는 교육을 받았다. 지금의 교육은 전과는 다르겠지만."

정태가 말을 마치자 어릴 적 교육이 중요하다고 명태도 합류했다. 교육은 자연의 순리대로 살아가는 방법을 가르치고 어려서부터 습관 들이는 게 중요하다고 정태가 말했다. 길녀는 정태를 노려보다 명태한테로 눈이 갔다.

"그런 너는 왜 우라늄 박사가 못 되었냐?"

독살스러운 길녀의 시선이 명태한테로 날아갔다. 명태가 반격했다. 자기는 박사를 따기 위해 유학을 다녀왔다. 지독하게 노력하는 공부벌레였다. 명태는 어려서부터 공부, 공부, 또 공부하라는 말씀뿐이고 부모한테 물려받은 가훈이 '마부작침(磨斧作針)하라'였고, 열심히 노력해서 우라늄 박사를 따 왔다고 대답했다. 더 이상은 묻지 말라고 정태가 길녀를 나무랐다. 서슬이 시퍼런 길녀가 똑똑한 체 그만 하고 메아리 이야기 좀 하자고 소리쳤다.

"메아리는 있는 거요, 없는 거요?"

"도시의 노숙로엔 메아리가 없어! 살 수도 없고 메아리를 들으려면 이곳을 떠나야 된다고."

"맞는 말이야. 메아리가 살 수 있게 다른 곳으로 옮겨줘야 한다니까!"

"거기가 어딘데?"

"사람이 많이 사는 빌딩 숲은 아니라구."

"그럼?"

"산이 있고 나무 우거진 숲속으로 가야 해! 도시에서는 있을수록 미쳤다는 소리만 듣게 돼!"

"나도 알아! 그 소리에 진저리가 난다고."

"맞아. 지금 우리가 걷고 있는 거리엔 메아리는 없어. 각자의 마음속에서 듣고 있을 뿐이라고."

"그래, 마음속으로 돌아온 메아리를 밖으로 끄집어내야 해. 우리 길에서 같이 살아야 한다고."

그들은 하나같이 그들만의 길이 있기를 원하고 있다. 함께할 메아리가 사는 곳을 가고 싶어 한다. 떠나야지 하면서도 떠나지 못하고 찌든 냄새와 탁한 공기로 가득 찬 도시의 소음 골목을 방황하면서 지친 몸을 이끌고 몸부림치고 있었다. 미쳤다고 욕하는 도시를 떠나고 싶어 한다. 그들이 머무를 곳은 정녕 없는 것인가. 허기를 안은 채 누군가가 봉사활동으로 제공하는 하루 한 끼 식사를 찾아 먹으며 살아가는 그들은 도시에 싫증을 느꼈다. 길녀와 명태는 정태를 따라 해변으로 가고 싶어 한다. 정태는 승낙하지 않는다. 자유분방(自由奔放)하게 살아온 그들끼리는 서로를 좋아하지 않는다. 그들은 질서와 공동 의식을 버린 지 오래다. 환경이 맞지 않으면 뒤도 안 보고 도망을 친다. 그것을 아는 정태는 함께 가는 것을 허락하지 않았다. 그들은 날이 밝으면 그들끼리 고집하는 노숙로에 있지도 않은 메아리를 찾으러 떠날 준비를 하자고 서둘렀다.

동이 틀 무렵 집주인이 돌아왔다. 집을 비워두고 간 사이 틀림없이 그들이 찾아들었을 거라고 생각했다. 그들이 떠나기 전에 꼭 만나야 한다. 노숙로(露宿路)가 있는지, 노숙로가 있다면 어디로 어떻게 가는지 길을 물어야 했다. 대문은 잠겨 있었다. 담을 넘어 현관문을 열었으나 잠겨 있었다. 마당에는 사람이 왔다 간 흔적이라곤 찾아볼 수 없었다. 김 노인은 3년 전에 이 집을 사서 혼자 살았다. 어느 날 사위가 데리러 왔다. 딸이 손주놈을 낳았다는 소식에 반가워 집을 잠그고 딸네 집에 갔었다. 딸과 사위가 못 가게 잡은 통에 하루이틀, 한 달 두 달 보낸 것이 1년 만에 집으로 돌아왔다.

마음은 항시 집에 가 있었다. 김 노인은 자기 집에 사람들이 들락거릴 것으로 생각했다. 집으로 올 때는 대문이나 현관문이 잠겨 있을 거라고는 생각하지 못했다. 김 노인은 노숙자(露宿者)들이 자고 가는 상상을 현실로 착각하고는 그들이 떠난다는 생각이 들자 만나보려고 집으로 달려왔다. 집은 잠겨 있고 열쇠는 딸애 집에 두고 왔다. 노인은 편하게 살고 싶은 자기만의 궁전을 꿈꾸어왔다. 집안에는 갖고 싶던 물건들을 모아놓고 치장도 하고 혼자 사는 세상을 만들었다. 더는 부러울게 없는 자신의 영혼 속의 공간이었다. 어서 가서 열쇠를 가져와야겠다고 결심을 했다. 저 멀리 하늘에는 기러기 세 마리가 어디론가 바쁘게 날아가고 있다. 한 놈은 짝이 있고 또 한 놈은 짝을 잃어버렸는지 외롭게 혼자 따라가고 있었다. 김 노인은 그들의 이름을 불러가며 기러기가 사라질 때까지 눈을 뗄 줄 몰랐다.

늦 벌 이

상협은 한때 김 대리가 다니던 회사에서 임대업을 했었다. 롤러를 가지고 현장이 끝날 때까지 6년을 일한 적이 있다. 한창 일할 때였고 돈도 벌었다. 지금은 롤러도 팔아버리고 집에서 시간을 보내고 있지만, 현장 생활은 그때가 좋았다는 생각이 든다.

오늘 우연히 김 대리를 만났다. 김 대리도 반가워했다. 김 대리는 직장을 다른 회사로 옮겼다. 그 회사 역시 건설회사다. 상협은 자기도 모르게 은연중에 일자리를 부탁했다. 김 대리는 옛정을 생각해서인지 선뜻 거절하지 않았다. 모처럼 만난 자리라 긴 이야기는 할 수 없었고, 김 대리의 명함을 받았다. 김 대리 명함에는 과장이라고 쓰여 있었다. 그동안 과장으로 승진한 모양이었다.

집에 돌아온 상협은 서둘러 면허증을 찾았다. 면허증은 보이지 않았다. 만약 김 대리가 일자리를 준다 해도 당장 롤러를 살 돈이 없다. 롤러 값만 해도 2천만 원이 넘을 것이다. 상협은 롤러 값을 알아봐야 했다. 롤러 값이 없으면서 김 대리한테 기사 자리를 부탁한다면 체면이 서질 않는다. 일을 안 하면 안 했지, 기사로 일하겠다는 말은 할 수가 없다.

아직 상협에게 일자리가 확실히 결정된 것도 아니다. 일자리가 있어야 면허증이고 롤러 값이 필요한 거라고 상협은 스스로 자신을 다독였다. 서두르는 것만이 능사가 아니라 무엇을 먼저 해야 할지 결정하는 일이 더 중요했다. 일할 곳도 없으면서 미리 준비만 한다는 것은 어리석은 일이라고 생각했다. 먼저 할 일은 과장으로 승진한 김 대리를 찾아가 일할 곳이 있는지 없는지, 일할 곳이 없다면 다른 곳이라도 마련해줄 수 있는지, 아니면 소개라도 할 곳이 있는지 확인해보는 일이 먼저라고 생각했다. 상협은 자신을 돌아보며 김 과장한테 부탁한 일자리가 지금 입장에서 타당한지도 판단해봐야 했다. 간단한 문제가 아니었다.

늙어가는 길이 어디로 어떻게 가는 것인지 알 수가 없다. 할 일이 없더라도 무슨 일이든지 해야 한다. 그러나 요즘 상협에게는 가까운 집안 친척도, 친구도 멀어져가고 있다. 살아오면서 잘못한 일들이 떠오를 때마다 후회가 되었다. 이러한 괴로운 사연을 누구에게 하소연할 사람도 없다. 지난날에는 일을 핑계로 스스로 멀리했었다. 미안한 응어리들은 병든 모과나무 열매처럼 상협의 가슴속에서 새까맣게 굳어가고 있다.

잘못 살았다는 마음이 들 때마다 찾아가고 싶은 곳이 장비를 타고 일하던 현장이다. 지금 새로 일을 하게 된다면 외로움과 괴로움을 떨쳐버릴 수 있을 것 같다. 그래서인지 흙냄새 나는 현장이 그리워지곤 했다.

상협은 면허증을 찾는 데 혈안이 되어 있다. 손이 안 닿는 깊숙한 곳도 찾아보았다. 서랍이란 서랍은 모두 열어보았다. 장롱 속이나 옷들의 주머니까지 뒤져보았다. 있을 것 같다고 생각되는 다락방도 이 잡듯이 찾아보았다.

이제는 일을 못 하는 한이 있더라도 롤러 면허증만은 찾아놓아야겠다는 오기가 발동했다. 그래도 함께 물어보며 찾아줄 사람은 할마씨밖에 없다. 몇십 년을 함께 살아온 마누라이다. 여러 날을 두고 면허증을 찾고 있는 상협에게 마누라는 화를 내기 시작했다. 할마씨의 쓴소리가 비늘처럼 까칠했다.

"꿩 대신 닭이지, 이 없으면 잇몸으로 먹으면 되고!"

그녀의 꾸지람을 뒷전으로 하고 상협은 면허증만 찾고 있다. 오늘도 부지런히 찾았으나 면허증은 어디에도 없다. 오라는 일자리가 있기나 한 것처럼, 일자리가 있는데도 못 나가고 있는 사람처럼 면허증을 찾기 시작한 지가 벌써 한 달이 되어간다. 이제는 일은 못 나갈망정 면허증만은 꼭 찾아야겠다는 오기가 생겼다.

누가 다 된 밥에 재 뿌리면 멱살이라도 잡을 텐데 집에 들어오면 하소연할 데라곤 할마씨밖에 없으니 재를 뿌려도 어쩔 수가 없다. 할마씨 신경질은 날이 갈수록 표독스런 늙은 암코양이처럼 변해가고 있었다. 면허증이 하나면 되지 뭔 면허증을 또 찾고 또 찾느냐고 호통을 쳤다. 아내는 내가 찾는 면허증을 알 턱이 없다. 상협에게는 자동차 면허증도 있다. 하지만 내가 찾는 것은 진동 롤러 면허증이다. 건설장비 면허증이니 모르는 것이 당연하다. 이러지도 저러지도 못하고 벙어리 냉가슴 앓듯 가슴은 쪼그라들고 있었다. 상협이 입장에선 속수무책이다.

상협은 공상을 하기도 했다. 대낮에 허깨비를 만난 것처럼 얼토당토않은 생각을 했다. 김 대리한테 전화해서 면허증 없이는 안 되느냐고 물어봐야겠다. 만약 김 대리가 면허증이 없어도 된다고 하면 주름투성이 얼굴에 웃음을 섞어가며 늙은 고양이처럼 아양을 떨면서 면허증 없으면 어때? 일만 잘하면 되지. 봐줘, 응 하고 억지를 부린다. 말도 안 되는 상상을 하며 면허증에 집착하고 있다.

상협은 면허증 없이 현장에서 일하다 사고를 내면 어떻게 되는지 모르는 바는 아니다. 건설회사가 면허 없는 사람을 채용했다가 사고를 낸다면 그 회사는 법적으로 공사 현장을 폐쇄해야 한다.

상협은 몸서리를 치며 면허증을 못 찾으면 롤러 일자리를 포기하는 것으로 마음을 굳혔다. 그러면서도 어딘가 잘 두었을 텐데 매일 찾아도 나오지 않는다고 애만 태웠다. 상협은 굴하지 않고 날만 새면 면허증을 찾았다. 하지만 골똘히 생각해도 면허증을 찾을 길이 없다.

후텁지근한 날씨에 목구멍까지 컬컬했다. 상협은 이야기 상대를 찾았다 하면 개코밖에 없다. 나이가 들수록 친구도 다 떨어져나갔다. 몇 년째 친하게 지낸 장혁도는 개 코처럼 코가 길게 늘어졌고 끝은 뭉툭하다. 얼굴을 쳐들면 돼지 코라고도 할 수 있겠지만 개 코에 더 가까웠다. 상협은 그 코가 맘에 들었다. 젊어서부터 개코라는 별명으로 불렸다고 한다. 상협은 무슨 일이고 늘 개코와 의논했다. 오늘도 상협의 고민을 듣고 있던 개코는 몇 번째 하는 말이냐고 퉁명스럽게 대답했다.

"면허증이 있기는 있었던 거야?"

"예끼 이 사람아! 없는 걸 미쳤다고 찾는가?"

후리듯 말했지만, 조용히 자신을 돌아보며 따놓은 거 맞지? 하고 물어보는 상황까지 되었다. 기억력을 자꾸만 의심하다가는 없었던 것을 있는 것이라고 착각하는 거 아닌가 하는 생각이 들었다.

상협은 슬펐다. 갑자기 설움이 복받쳐 막걸리잔을 들었지만 마실 수가 없다. 출렁이는 잔에 입을 대보지만 넘어가지 않았다. 잔을 놓고 흐느끼고 말았다. 보다 못한 개코가 말했다.

"작은 일에 벌써 찔끔거리면 일찍 죽어!"

소극적인 면을 탓하고 있었다. 상협은 애절하게 말했다.

"너만이라도 이해해줘! 면허증을 찾으면 당장 취직이 될 거야. 취직하면 매일 막걸리 사줄게!"

듣고 있던 개코가 공무원으로 퇴직한 자기 친구 이야기를 했다. 상협이 하도 안달하니 친구에게 물어봤다고 했다. 그 친구 말이 면허가 확실히 있었다면 인감 한 통을 갖고 구청에 가서 재발급 신청을 하면 새로 면허증을 발급받을 수 있다는 것이다. 면허를 딴 적이 없으면 재발급이 안 되지만 취득한 적이 있다면 적성검사 미필로 그 여부에 따라 과태료를 내면 면허증을 살릴 수 있다는 개코의 희망적인 말이었다. 상협은 꿈인가 싶어 개코 말이 맞기를 빌었다.

"정말이야?"

"그래 정말이야!"

엊저녁에 헤어지며 한 말이다.

상협은 인감 한 통을 들고 구청 문을 열었다. 눈을 들어 면허증 팻말을 찾았다. 인감 한 통이 상협이 손에서 떨고 있었다.

"아가씨, 면허증 재발급 좀 확인해줘요!"

"무슨 면허지요?"

"장비 면허인데, 진동 롤러야."

"그건 저쪽 건물로 가셔야지요. 여기는 자동차 면허입니다. 나가서 왼쪽 건물로요!"

상협은 얼른 나왔다. 허겁지겁 달려갔다. 아가씨가 빤히 쳐다보며 물었다.

"어떤 장비 면허지요?"

"진동 롤러!"

그녀가 인감을 대조했다.

"네 있네요, 신상협씨!"

상협은 눈알이 빨개졌다. 그녀는 또랑또랑하게 말했다. 적성 검사 미필이라고.

"살릴 수 있나요?"

"네 있어요. 면허시험장에 가시면 돼요!"

상협은 하늘을 날아갈 것처럼 기뻤다. 아가씨를 안아주고 싶도록 고마웠다. 구청을 나와 개코에게 만나자고 전화했다.

"지금 당장!"

상협은 소리를 지르며 버스 정류장으로 향했다.

기쁨을 전하러 간 상협은 이번에는 개코를 위로해줘야 했다. 힘이 빠지다 못해 풀이 죽어 있는 개코를 어떻게 감싸주고 달래야 할지 면허증 같은 건 뒷전이 되고 말았다. 면허증 재발급의 기쁨을 말했다가는 복 터지는 소리 말라고 소리칠 게 뻔했다.

개코는 말년에 부부간의 심각한 갈등으로 위협받고 있었다.

듣고 있던 상협은 뭐라고 똑 부러지게 할 말을 찾지 못했다. 겨우 한다는 말이 아무런 대책도 없는 말이었다.

"그래, 꼭 그렇게 해야만 된대?"

말은 그렇게 했지만, 위로도 아니고 해결책도 아니었다. 덤덤한 말밖에 할 수가 없었다. 대낮부터 막걸리만 퍼마시게 되었다. 상협은 어제 개코에게 면허증을 살릴 수 있다는 희망적인 말을 들었다. 하지만 오늘은 희망적인 얘기는커녕 한없이 나락으로 떨어지는 말이었다.

상협은 개코 아내가 무엇 때문에 이혼을 하자는지 이해가 되질 않았다. 그의 처는 무조건 개코가 싫다는 것이었다. 억지를 부리는 데는 대책이 없다. 개코의 아내는 어느 때는 혼자 살고 싶다고 했다. 왜냐고 물으면 꼴도 보기 싫고 냄새가 난다는 것이었다. 그러다가 뜬금없이 해준 게 뭐 있느냐고 트집을 잡았다. 뭘 해줄까 물으면 꼭 해달래야 해주느냐고 삿대질을 했다. 그러다가 간섭하지 말고 잔소리하지 말라기에 보름 내내 말 한마디 안 했더니 밖에서 벙어리가 되어 들어왔냐며 말 좀 하라고 귀를 잡아당겼다고 한다.

한번은 고향의 옹달샘 이야기를 한다니까 귀를 기울였다. 산골짝 맨 위에는 옹달샘이 하나 있다. 솟아나는 샘물은 항시 넘쳐나고 몇십 년을 두고도 변함없이 솟아나고 있었다. 샘물 아래쪽으로는 논이 삼사십 마지기는 돼 보이는데 비가 안 오는 가뭄에도 샘물은 조금도 걱정할 것이 없다. 쌀농사는 언제나 그런대로 풍년이었다. 거기에 개코의 논이 이십 마지기는 있었고 아는 사람들은 모두가 부러워했다. 옹달샘 물은 논에 물을 충분히 대주고 나머지 물은 개천으로 흘러들어 강을 지나 바다로 흘러간다고 했다.

개코가 고향의 옹달샘 이야기를 하는 동안 그의 처는 신중하게 듣는가 했더니 왜 이야기를 그렇게 재미없이 하냐며 비아냥거렸다. 개코 아내는 개코에게 한 가지만 알고 둘은 모르는 곧이곧대로 옹고집 늙은이라고 핀잔을 했다. 개코는 화가 났다. 무엇이 잘못된 거냐고 반박했다.

그녀가 입을 열었다. 옹달샘에는 물이 솟아나는데 아무것도 안 사느냐고, 일급수에 사는 도롱뇽, 열목어, 민물새우도 있을 거라고 했다. 샘물이 논으로 흘러 들어가면 논에도 사는 생물이 있을 게 아니냐며 우렁이, 장구벌레, 거머리, 개구리, 범아재비 애벌레도 있을 거라도 했다. 시냇물에는 송사리, 미꾸리, 피라미, 다슬기도 산다고 했다. 강에는 붕어, 잉어, 가물치, 뱀장어 등이 있고, 바다에는 수없이 많은 물고기가 사는데 왜 고기들 이야기는 하나도 안 하느냐며 닦달을 했다.

고기 이야기는 왜 해야 하는가 하면 고기들은 물에 살기 때문에 그렇고 물은 옹달샘에서부터 시작되기 때문에 이야기를 해야 한다는 것이다.

산에는 사계절 변화가 있는데, 산 이야기는 왜 안 하느냐고 물었다. 입만 뻥긋하면 소설을 쓰고 있으니 미치겠다는 것이다. 개코도 그녀의 말이 맞다고 생각했다. 그녀는 다시 화를 내며 당신하고는 재미없어서 도저히 살 수가 없으니 이혼하자며 대들었다고 했다. 개코는 눈물이 날 것처럼 눈시울을 붉히며 이야기했다.

듣고 있던 상협은 안 돼 하고 소리질렀다. 이혼할 이유가 그런 거라면 재미있게 해주면 될 게 아니냐고 말하는데 혀가 꼬부라져 있었다.

"황혼 이혼은 절대로 안 된다고 빌어! 공주처럼 모셔봐!"

개코는 눈이 커졌으나 어리둥절한 모습이었다. 개코는 내 말을 이해한 것처럼 보이지는 않았다. 둘은 오전부터 만났다. 상협은 기쁜 마음이 들었지만, 개코는 쪼그라진 얼굴에 코만 덜렁하니 슬퍼 보였다. 상협의 가슴속에도 말 못 하는 허탈한 울분들이 꿈틀대고 있었지만 눌러버렸다.

상협은 면허증을 집어넣고 집을 나섰다. 공사 현장으로 김 대리를 만나러 가고 있었다. 그곳은 골프장을 만드는 현장이었다. 만약에 기사를 쓰고 있다면 그냥 김 대리 얼굴만 보고 오기로 맘먹었다. 기사는 아직 안 쓰고 있을 거라는 생각이 들었다. 공사가 시작되는 단계이므로 진동 롤러가 당장 일할 시기는 아닐 것 같다는 생각이 들었기 때문이다. 그동안 현장 경험에서 얻은 추측일 뿐이다.

김 대리가 반갑게 맞아주었다.

"과장님, 차 가져올까요?"

젊은이가 물었다. 김 대리는 상협을 쳐다보며 녹차와 커피가 있다고 했다. 상협은 녹차를 말하고 큰 실수를 했다고 생각했다. 직위가 엄연한 과장이다. 그리고 김 대리의 모습에서 전보다 의젓함이 풍기고 있었다. 지금 회사가 아닌 다른 회사에서 근무할 때는 김 대리였지만 여기선 엄연한 과장이다. 상협은 과장님으로 호칭을 바꾸면서 현장 근황과 롤러의 일머리를 물었다.

김 과장은 아직 롤러 계획이 없다고 했다. 상협은 계획이 없으면 롤러는 안 쓰느냐고 물었다. 확실한 계획은 아니어도 곧 쓸 거라고 했다. 상협은 안심했다. 갑자기 개코가 떠올랐다. 왠지 모르게 기쁠 때나 슬플 때나 떠오르는 개코가 고마웠다. 지금 기쁜 마음을 전하고 싶은 감정이 들기 때문일 것이다.

상협은 무슨 생각을 했는지 김 과장을 불렀다.

"과장님?"

"말씀하세요!"

"투입할 장비 주는 선정하셨나요?"

"아직입니다."

상협은 어떤 종류의 롤러가 이 현장에 맞느냐고 물었다. 골프장이기 때문에 진동이 센 롤러는 해당이 없다고 했다. 롤러 무게가 10톤이면 충분하고 진동을 넣고 다닐 때는 까토 도로에 골재를 깔 때나 되메우기할 때 불도저가 깔아놓은 흙을 다지면 된다고 했다. 그 외에는 거의 진동을 넣지 않고 작업을 하면 된다며 장비로는 sv500 사까이가 좋다고 했다. 고장도 잘 안 나고 수리비도 싸고 부속도 흔하고 마구 써도 좋다고 설명했다. 상협도 잘 알고 있는 부분이다.

상협은 과장 말이 끝나자마자 부탁을 했다. 과장님이 장비를 한 대 사주면 좋겠다고 했다. 상협은 바싹 다가앉았다. 중고장비 가격까지 말했다. 2천만 원에서 3천만 원 선이라고, 만약 과장님이 사시면 롤러 사장님이 되시고 자기는 기사가 된다고 했다.

"하하! 제가 돈이 없으면요!"

김 과장이 웃으며 말했다. 상협은 김 과장님을 사장님으로 모시고 싶다는 말도 빼놓지 않았다. 현장에는 장비 기사가 많이 있고, 좋은 장비도 저렴하게 매입할 수 있다고 알려주자 장비는 신 사장님이 가져오라며 김 과장이 웃었다. 누가 사든 기사는 신상협이라고 한바탕 웃고는 확실히 써줄 거라는 확답도 얻어냈다. 현장을 나오면서 이 정도면 일자리는 확실히 받아놨다고 상협은 흡족해하고 있었다.

상협은 돈이 없어서 개코와 의논할 계획을 했다. 개코의 이혼이 돈 문제가 아니길 바랐다. 만약 개코가 롤러를 산다면 현장으로 불러내 롤러 운전을 가르칠 생각을 했다. 그리면 스페어 기사로 쓸 수도 있고, 롤러 운전을 하며 잡념도 잊을 것이란 생각을 했다. 꾸준히 가르치면 면허도 취득하게 할 것이다. 개코 스스로 자기 장비에 자기가 운전을 하면 수입도 많을 것이란 앞선 생각을 하며 흐뭇해하고 있었다. 상협의 머릿속에는 개코가 떠나질 않았다.

흐뭇한 생각에 빠져 있을 때 개코에게서 전화가 왔다. 이혼을 해야겠다는 소리다.

"안 돼! 만약에 이혼을 한다면 병신, 바보, 천치, 멍청이, 거렁뱅이, 무녀리, 무지랭이, 칠삭이야. 너는!"

마구 소리치고는 전화를 끊었다. 잘은 모르지만 개코는 젊었을 때 힘도 좋고 돈도 잘 벌고 가정에서 큰소리치며 살아온 멋있는 사나이로 상협은 알고 있다. 지금은 세월 앞에 무릎을 꿇고 만 것이다. 돈은 마누라 손에 들어가 있고 부동산도 마누라 앞으로 이전한 상태이다. 그렇게 육십 대가 되었다. 모두에게 외면당하고 아내마저도 돌아서려 한다. 아마도 개코는 모든 걸 포기하고 알 수 없는 늪 속으로 빠지려 하고 있는지도 모른다.

상협은 중얼거렸다. 말려야 한다. 붙잡아야 한다. 일단 가정이라는 울타리 밖으로 끄집어내야 한다고 결론 내렸다. 이 세상에 외롭지 않은 노인은 하나도 없다고 알려주어야 한다. 재산도 많은 것 같으면서도 아무것도 가진 게 없는 사람이 개코라고 생각했다.

그러는 상협도 무던히 참으며 아내와의 사이를 알게 모르게 긴장하는 곡예사처럼 좁히려고 노력하며 살아왔다.

개코가 말했다.

"늙은이도 기사로 써준단 말이야?"

"그럼! 롤러 기사는 나이 많은 기사를 더 선호하지. 고령의 사람은 안 되지만!"

개코는 어디 일할 데가 있으면 좋겠다고 했었다. 자기 일자리도 알아보라며, 삽 들고 괭이질하는 곳은 안 된다고 했었다. 은근히 상협이 하는 일을 넘겨보고 있었는지도 모른다. 눈치 빠른 상협은 마음먹었던 계획을 꺼내보기로 했다. 한편으로는 충고도 했다. 모든 일은 하고 싶은 마음이 있어야 할 수 있고, 일을 시작하겠다는 마음의 준비가 있어야 일을 시작할 수 있다고 했다. 한번 시작하면 끝장을 보는 각오와 오기로 꾸준히 노력해야 성공할 수 있다고 말해주었다.

개코는 상협의 말이 끝나자 일을 시작하는 사람치고 각오 없이 하는 사람이 어디 있냐고 비웃었다.

"차 안에는 에어컨도 있는가?"

"롤러에 관심 있나?"

"있으면 뭘 해! 할 줄도 모르는데!"

"몰라도 돼!"

상협은 단호하게 말하고 롤러는 앞으로 가고 뒤로 가는 것밖에는 없다고 했다. 롤러는 속도가 느리기 때문에 핸들만 꼭 잡고 있으면 된다. 땅을 다지는 데 급하게 다질 필요가 없다. 오히려 천천히 돌아가며 구석구석 다져야 한다. 롤러는 느리게 안전하게 작업하기 때문에 나이 먹은 기사들을 선호하고 있다고 일러주었다.

상협은 개코가 기분 나쁘지 않게 스스로 하고 싶어 부탁하기를 바라고 있었다. 상협은 한발 다가서며 살가운 기분으로 물었다. 요즘 골치 아픈 일은 없는지, 부부 관계는 원만히 해결해 가는지, 자식들과 사이는 좋은지, 당장 내일이라도 일거리가 있다면 바로 시작할 수 있는지도 물었다. 개코는 다 알면서 뭘 자꾸 물어보냐며, 당신답지 않다고 묵살하고 나섰다. 상협은 몰라서가 아니라 나이 먹어 시도하는 일이기에 가까운 사이라도 성과 없이 금이라도 가는 것이 두려워서라고 말했다.

상협은 맘먹은 생각들을 털어놓았다. 진동 롤러만 있으면 일자리는 확실히 있다. 진동 롤러를 하나 사서 개코 당신 이름으로 등록하고, 사업자를 만들어 회사에 제출하고, 일이 시작되면 자신이 기사로 일하면 어떻겠느냐고 의향을 물어보았다. 개코는 아무것도 모르는데 어떻게 사업자를 내느냐고 했다. 진동 롤러만 있으면 사업자 등록을 할 수 있고, 사업자 등록을 못하면 장비 지입사로 들어가면 되고 지입사는 당신이 장비 주인이라는 사실을 알려주면 된다고 했다. 진동 롤러 장비를 가지고 회사에 들어가 일하면 월 300만 원이 나오는데, 그중 기사 월급은 100만 원이며, 월 200만 원은 사업자의 몫이라고 알려 주었다. 그리고 기사는 2년 이상은 채용해줘야 한다고 못 박았다. 장비주는 매월 가만히 앉아서 200만씩 번다고 했다. 개코는 사장이고 상협은 기사가 되는 거라 했다.

장비 가격이 얼마냐고 개코가 물었다. 이천오백에서 삼천이고 이 년 후에 하기 싫으면 산 가격에 상협이가 인수하겠다고 자신 있게 말했다. 개코가 그런 돈이 어디 있냐며 펄쩍 뛰었다. 아들이 둘씩 있으면서 그것 하나 해결 못 하느냐고 얼떨결에 그의 말을 누질렀다.

상협과 개코는 갑자기 조용해졌다. 침묵이 지나자 개코가 두 눈을 비비며 자식들한테 한번도 부탁해 본 일이 없었다고 했다. 자식들 형편도 넉넉하지 못하고 이제 겨우 살아보려고 한창 뛰는 애들한테 아버지가 사업을 하겠다고 돈 이야길 하면 말이 되겠냐는 것이다. 듣고 있던 상협은 가진 돈도 없고 자식들한테 손도 못 벌리고 그러면 롤러를 안 사면 된다고 했다. 다만 이참에 한번 자식들의 생각은 어떤지 의중이나 한번 떠보라고 충고했다. 한 달에 200만 원씩이면 열 달이면 2,000만 원이라고 상협은 약올리듯 말했다.

개코가 생각해보겠다며 자리를 일어났다. 상협은 혼자 중얼거렸다. 내가 개코에게 해줄 수 있는 마지막 기회야, 이보다 더 좋은 기회는 없을 거라고 생각했다. 자기가 돈 있으면 월 300은 벌 수 있는 현장을 아쉬워하고 있다. 상협에게는 아들이 없다. 상협은 며칠 전에 김 과장에게 본인이 장비를 사서 들어오시면 얼마나 좋겠냐고 전화를 받았다.

개코에게서는 보름이 지나도록 아무런 연락이 없었다. 혹여 자식들한테 부탁해보라는 말이 서운할 수도 있었다. 그에게서 전화가 왔다. 자기 집 근처에 요리를 잘하는 오리집이 있으니 저녁 7시에 소주 한잔하러 오라며 능원 오리집이라고 했다. 상협은 그럼 그렇지 하고 승낙했다. 상협이가 도착했을 때 아들 둘과 벌써 와 있었다. 개코가 아들을 소개했다. 이쪽이 첫째고 둘째라고, 둘은 일어나 공손히 머리를 숙여 인사했다. 막내는 금방 눈에 들어왔다. 코가 아버지를 닮았기 때문이다. 필경 이 자리에서는 롤러 이야기가 나올 거라고 예상했다. 개코 자신이 해결할 일이지 상협이까지 불러내 보증이라도 세우려는 개코가 괘씸하고 치사하다는 생각이 꿈틀거렸다. 모두가 둘러앉자 커다란 그릇에 오리 백숙이 들어왔다. 오리 위에는 초록색 부추가 수북이 얹혀 있었다. 술을 시키자 주인은 어떤 술이냐고 물으면서 익혀 나온 것이니 끓기 시작하면 먹어도 된다고 일러주었다. 빈 잔을 내려놓을 적마다 애들이 따르는 것을 상협은 술병을 빼어들었다. 개코와 둘이서 따라 먹자며 두 아들에게도 번갈아 따라주었다. 오리 백숙은 맛이 있었다. 한약재에 대추, 밤까지 넣었다. 부추는 육수에 담가 먹는 맛이 일품이었다. 부추를 더 시키면서 첫째가 입을 열었다.

"아버지, 하실 말씀이 뭐지요?"

개코는 다 먹고 하자며 오리고기를 아들에게 건져주었다. 저희가 알아서 먹겠다고 첫째가 말했다. 맘에 든다는 소리는 아니었다. 상협은 빙긋이 웃음이 나왔다. 부러웠다. 아들 하나 없는 게 한쪽 가슴이 허전했다. 세상 부러울 게 없어 보였다. 주인이 국수사리를 들고 왔다. 개코가 한약재를 건져내고 넓적한 물국수사리를 넣고 가스불을 올렸다. 잔이 오고갈수록 분위기가 좋아 보였다. 국물에 익혀진 국수도 맛이 좋았다.

개코가 입을 열었다. 너희들한테 꼭 할 이야기가 있어 불렀다며 생각하고 있던 계획을 털어놓았다. 돈벌이를 해야 하는데 몸으로 때우는 일은 할 수 없고 써주는 데도 없다고 했다. 마침 일자리가 생겼지만 들어오라는 조건이 있다고 했다. 회사에서 요구하는 장비는 땅 다지는 진동 롤러인데 2년은 써준다는 조건이고 장비를 사 가지고 들어갈 돈이 없어 너희들을 불렀다고 했다.

개코 말이 떨어지기가 무섭게 첫째가 물었다.

“롤러 운전은 누가 하구요?”

“기사를 써야지!”

“장비 값은요?”

“2천5백에서 3천만 원 정도!”

“그 많은 돈이 어디 있어요?”

그러니까 너희들을 불렀다고 했다. 첫째가 버럭 소리를 질렀다. 돈은 준비할 수도 없고 동생은 사글세에 살고 저는 간신히 전셋집에 들었는데 아이 키우느라 약간의 여유도 없다며 눈알을 부라렸다. 아버지가 해준 것이 무엇이 있냐며 화를 내고 있었다.

개코가 큰아들에게 화를 냈다. 무엇을 해줘야 하는데, 너희들을 낳아서 먹이고 입히고 키워서 가르치고 살림까지 내줬으면 다 해준 거지 무엇을 더 해주어야 하냐고 큰놈을 나무랐다. 큰놈이 거칠게 음성이 커졌다.

“전 해드릴 수 없어요!”

"그래 알았다. 형편이 안 되면 그만둬라!"

"죄송해요. 아버지 도움도 못 드리고, 저는 이만 나가볼래요!"

"그래 나가봐라!"

둘째가 공손히 무릎을 꿇더니 두 손으로 아버지 잔에 술을 붓고는 상협이 잔에도 공손하게 술을 따랐다.

대뜸 아버지는 좋은 친구분이 있어서 행복하시겠다고 말했다. 그 말은 들은 상협이 얼른 받아 어째서 그런 생각을 하였느냐고 물었다. 아버지의 괴로움을 우리 가족과 함께 의논하시기 때문이라고 대답했다. 상협은 고개를 끄덕이며 다음 말을 기다렸다. 막내가 장비 살 돈을 해드리겠다고 말했다. 개코가 눈을 부라리며 사글세에 살면서 어떻게 돈을 마련하겠냐며 그만두라고 소리쳤다.

막내는 회사에서 무주택자 집 마련 대출이 있어 신청하면 된다고 했다. 둘이서 버니까 집은 몇 년 늦게 장만해도 된다며, 대신 아버지 손주는 늦어질 거라며 웃고 있었다. 상협은 막내 놈의 저렇게 여유만만한 태도가 대견스럽고 야무져 보였다. 상협이가 입을 열었다. 장비를 사면 너의 아버지 앞으로 이전을 하고, 자신이 기사가 될 거고 면허증을 딸 수 있게 운전도 가르치겠다고 말했다. 막내 놈은 벌떡 일어났다.

"감사합니다. 아저씨!"

하고는 절을 했다. '애비와 닮은 코를 가진 놈이 사람 노릇을 하는구나' 하는 생각이 들었다. 작은 개코가 맘에 쏙 들었다.

아침 해가 오르고 있었다. 아침 이슬은 햇살을 가득 머금고 붉게 반짝이고 있었다. 상협은 기지개를 힘껏 켰다. 아침 공기를 가득 들이마셨다. 몸속에 가라앉은 찌들고 탁한 공기를 밖으로 토해냈다. 스며오는 흙냄새가 상쾌했다. 기다리고 바라던 소원도 이루어졌다. 전에 현장에서 만났던 김 대리를 우연히 만났을 때 취직을 부탁했다. 지금은 과장이 되어 상협을 다시 추슬러세우고 있었다.

김 과장이 일자리를 주었다. 면허증은 재발급받았고 계획했던 대로 개코가 사장이 되었다. 상협은 원하던 대로 기사가 되었다. 더 바랄 게 없었다. 열심히 일만 하면 된다. 장비도 내 것처럼 관리하고, 사장이지만 백수처럼 놀고 있는 개코도 불러내어 운전을 가르칠 셈이다.

상협은 개코가 부부 관계로 고민하는 것을 알고 있다. 상협이가 황혼 이혼은 안 된다고 충고한 것을 받아들였는지 개코에게는 아무 일도 일어나지 않았다.

개코를 현장으로 불러냈다. 상협은 기쁘고 즐거운 마음으로 개코를 환영하며 롤러 운전석 옆에 앉혔다.

"잘 봐! 레버를 앞으로 밀면 앞으로 가고 뒤로 밀면 뒤로 가. 가운데 놓으면 중립으로 서게 돼. 중요한 것은 백미러를 볼 줄 아는 거지만 무시하고 앞으로 갈 때는 범퍼 우측 모서리에 세워져 있는 국기봉을 잘 봐! 국기봉의 위치가 드럼과 뒤타이어 위치를 기준해! 후진할 때는 머리를 최대한으로 뒤로 젖히고 뒤 유리창 밖으로 엔진 보닛 우측 끝을 보며, 레버를 뒤로 하고 후진을 천천히 하면 돼. 롤러 운전에서 가장 중요한 것은 레버야. 레버는 전진, 후진, 속도, 브레이크 역할을 다 해!"

상협은 지금은 몰라도 된다며 부담 갖지 말라고 했다. 작업할 때는 전진에서 후진할 때 롤러가 삐뚤삐뚤하게 후진해서는 안 되니 핸들 조작을 잘해서 일자로 운전을 해야 한다고 설명했다. 상협은 말 나온 김에 조금 더 설명한다며 작업을 효율적으로 하는 방법은 한번 다져놓은 롤러 자국을 후진 시 반쯤 겹쳐지게 하면 후진해서 작업이 끝날 무렵에는 두 번 다진 폭이 된다고 일렀다. 한마디로 롤러 작업은 앞으로 갔다 뒤로 갔다만 하는 작업이라고 몇 번을 강조했다. 속도를 아주 천천히 오가야 작업 능률을 내는 것이고 도로가 경사진 곳을 작업할 때는

10톤 무게가 내리쏠리는 만큼 작은 속도에도 곱으로 탄력이 붙어 내려가기 때문에 미세한 속도로 레버를 넣었다 뺐다 해야 한다고 주의를 주었다. 기사마다 자신들의 운전 습관이 다른데, 롤러 운전을 하다 보면 자기 습관이 만들어진다고 했다. 롤러 작업에서 주의해야 할 것은 높은 둑을 쌓아올릴 때, 둑에 올라가 하는 작업이라고 했다. 도롯가 끝까지 다지려고 드럼이나 바퀴가 도롯가로 끝까지 나가면 절대로 안 된다고 일렀다. 도롯가의 지면이 단단하지 못하므로 끝까지 나갔다가는 장비 전체가 기울어져 넘어가는 사고가 날 수 있다고 했다. 그런 경우 기사는 나올 시간도 없이 롤러 전체가 한쪽으로 기울어 넘어간다고 경고도 했다. 어느 장비고 위험성은 다 있으나 처음부터 주의해서 배우고 자기만의 작업 방법으로 일을 하면서 터득해야 한다고 했다. 자동차 면허가 있으니 배우는 데 어렵지 않다고 개코를 위로하기도 했다. 상협은 롤러에서 내려와 조수대 쪽문을 열고 개코를 나오라고 했다. 내려올 땐 항시 창틀 손잡이를 먼저 잡고 아래를 살펴본 뒤 발 놓을 자리를 찾으라고 했다. 핸들에서 바닥까지가 높기 때문에 손잡이를 잘못 잡으면 그냥 떨어지는 안전사고가 종종 일어난다고 당부도 했다. 오르고 내릴 때 발판도 안전하게 밟아야 한다고 강조했다.

상협이 롤러에서 내려와 사방을 둘러보았으나 아무도 없었다. 이번에는 개코를 롤러 운전대 의자에 앉혔다. 먼저 주행 레버가 중립에 있나 확인하고 키를 넣고 시동을 걸었다. RPM은 2,200을 유지하고 항시 일과 시간 10분 전에 워밍업을 해야 한다. 작업이 시작되면 왼손으로 핸들을 잡고 사이드 브레이크를 푼 다음 오른손으로 중립에 있는 레버를 앞으로 천천히 밀어준다. 약간 속도를 주려면 주행 레버를 앞으로 조금씩 밀어주면 되고 뒤로 가려면 중립에 있다가 당겨주면 방향이 뒤로 바뀐다고 가르쳤다.

지금까지 설명한 내용을 한두 달을 반복 연습해야 귀에 조금씩 들어올 거라고 했다. 실습은 현장에서는 할 수가 없다. 현장 규칙은 엄격하다. 개인적인 행동을 하다가 즉시 장비를 빼라고 하면 그날부로 장비를 가지고 나가야 한다. 상협은 또 실습은 오늘이 처음이자 마지막이 될지도 모른다고 했다. 개코는 괜히 롤러 운전을 했다며 걱정하고 있었다. 그러나 상협은 일과 시간이 끝나고 한 것이고 한번은 용서가 될 거라고 했다. 이 시간에 장비에 붙어 있으면 누가 봐도 지적감이 된다.

오늘 같은 경우는 장비를 수리해야 할 곳을 장비 주인한테 보고한 것이다. 기사는 장비에서 이상한 소리가 나면 하던 작업을 중단하고 확인해서 응급조치나 수리할 부분을 찾아내야 한다. 특히 기사가 할 일은 장비를 이상 없이 대기해놔야 회사도 말이 없고 장비주도 안심을 한다. 기사는 항시 장비에 신경을 써야 한다며 오늘 일과는 끝이라고 했다.

오늘은 진동롤러 엔진오일 교환하는 날이다. 개코는 상협이가 당부한 대로 엔진오일을 한 말 사서 자동차 트렁크에 실었다. 일과가 끝나는 시간에 맞춰 상협이가 일하는 현장으로 출발했다. 현장에 도착한 개코는 엔진오일을 들고 롤러 있는 곳으로 갔다.

상협은 누군가와 이야기하고 있었다. 상협은 개코를 보자 롤러 사장님 오셨다며 반가이 엔진오일 통을 받아들었다. 우리 현장 반장님이라고 개코한테 소개를 했다.

"이성춘입니다."

"예, 반장님 반갑습니다. 장혁도라고 합니다."

"장 사장님은 엔진오일까지 사다주시고 대단하십니다."

"아닙니다. 상협 씨하고 할 말도 있고 해서 왔습니다."

인사가 끝나자 수고들 하시라며 반장은 타고 온 차에 올랐다. 상협은 엔진오일 가는 방법도 알아야 한다고 했다. 먼저 엔진

위의 오일 주입구 뚜껑을 열어놓았다. 상협은 잘 봐두라며 빈 통과 몽키스패너를 롤러 밑으로 밀어넣었다. 땅바닥에 벌렁 드러눕더니 엔진 밑의 볼트를 가리켰다. 볼트에다 몽키를 물리고 왼손으로 몽키 중간쯤을 잡고 오른손 손바닥으로 몽키 손잡이를 한 방 치자 볼트가 풀리면서 검은 엔진오일이 나오려 할 때 빈 통을 들이댔다. 손으로 볼트를 풀어 들어냈다. 검은 오일이 모두 빠질 때까지 기다렸다. 엔진 속에 들어 있는 오일이 모두 빠지자 상협은 도로 누워 빼낸 볼트를 다시 채웠다. 상협은 새로 사 온 오일 통을 엔진 옆으로 올려놓고 엔진 위로 올라갔다. 양쪽 다리로 엔진을 말 타는 자세로 밟고 있었다. 오일 통을 엔진 위에 올려놓고 오일 주입구를 열었다. 두 팔로 오일 통을 끌어안으며 오일 주입구에 가까이 대고 허리와 함께 오일 통을 기울였다. 한 말들이 오일 통이 다 비워질 때까지 끌어안고 부었다. 통이 다 비워지자 끌어안고 있던 빈 통을 밑으로 던졌다. 오일 주입구 뚜껑을 힘껏 잠갔다. 엔진 밑에 받아놓은 오일을 플라스틱 통으로 옮겨놓고 뚜껑을 닫는 것으로 엔진오일 교환 작업이 마무리됐다. 엔진오일은 한 달에 한 번을 교환하니 또 보게 될 거라고 했다.

상협은 앞으로 개코라 안 부르고 장 사장님이라고 부르겠다고 했다. 개코가 사장은 무슨 사장이냐며 자기도 신 사장님이라고 부르겠다고 했다. 상협과 개코는 각자 타고 온 차를 타고 현장을 빠져나갔다.

개코는 깊은 생각에 빠져들었다. 육십이 넘도록 이제까지 어떻게 살아왔는가. 오늘처럼 대우받은 적이 없었다. 상협이 롤러 사장님이라고 불렀다. 반장인 이성춘도 장 사장님이라고 불렀다. 처음 들어보는 사장님 소리에 개코는 감동하고 있었다. 지금까지 살아오는 동안 사장은커녕 눈만 뜨면 나가서 닥치는 대로 일을 했다. 오직 가정을 위해 돈 만드는 기계로 살아왔다. 몇 달 전만 해도 일거리를 못 찾아 손을 놓고 있는 개코의 하루는 처참했다. 집 안에서나 집 밖에서나 인정받지 못하는 외톨이 신세였다. 늘그막에 와서 돈을 못 버는 신세가 되고 보니 개코는 아내한테까지 이혼하자는 날벼락 같은 통보를 받는 신세가 되고 말았다. 마음을 못 잡고 무의미한 나날을 보냈다.

그러던 중 상협을 만나 개코의 인생이 새로운 삶을 맞고 있다. 뿌듯한 마음이 들고, 살아 있는 기분이 나는 것은 사장님이라고 불러준 상협이가 있었기 때문이다. 아버지는 좋은 친구분이 있어서 행복하시겠다는 막내의 말이 떠올랐다. 상협은 도대체 누구란 말인가. 분명 상협은 꺼져가는 개코의 인생을 되살리고 있었다. 개코는 상협이 고마운 사람이라고 생각했다.

개코가 현장으로 오기로 한 날이지만 상협은 전화로 오지 말라고 했다. 실습은 더 이상 할 수 없게 되었다. 현장 반장이 왔다 간 것은 기사 또래의 사람 하나가 롤러를 현장에서 배우고 있다는 말이 사무실에 들어가 회사의 이사님이 현장에 불필요한 사람은 들어오지 못하게 하라는 지시를 받았다는 것이다. 상협은 당연히 잘못한 일이라고 반장에게 사과를 했다. 현장에서 롤러를 운전해본 것은 장비에 이상이 생겨 장비 주인을 오라고 하여 함께 결함을 테스트했다고 말했다.

그러나 상협의 솔직한 생각은 개코가 일자리가 있었으면 해서였다. 롤러가 하는 일은 이렇고 운전은 이렇게 하고 장비를 보여주면서 운전해보고 싶다는 생각이 있는지 테스트를 한 것이다. 만약 롤러 운전을 하고 싶어 한다면 당장 중장비 학원에 등록시켜 면허증을 따게 할 계획이었다. 롤러 면허 시험을 볼 때는 10톤으로 보는 게 아니고 4.5톤의 작은 콤비 롤러로 시험을 보기 때문에 실습은 학원에서 다시 배워야 한다.

상협은 개코의 확실한 대답을 기다렸다. 개코는 기다렸다는 듯이 마음속에 있던 생각들을 털어놓았다. 롤러 운전이 가능할 것 같다며 롤러 운전을 배우겠다고 했다. 실습한 것으로 봐서 충분히 할 수 있다고 했다. 앞으로 어떻게 해야 할지를 물었다. 상협의 대답은 먼저 마음의 결정이 중요하다면서, 결정을 했으니 이제는 실행하면 된다고 했다. 당장 중장비 학원에 등록을 권했고 열심히 배운다면 면허 따는 것도 어렵지 않다고 강조했다. 먼저 롤러 면허증 취득하고 나서 그 다음 일은 그때 가서 의논하자고 말했다.

개코는 현장에서 사장님이라고 불렀는데 앞으로는 절대로 사장이라 부르지 말라고 했다. 우리 사이에 사장이니 기사니 하면 편을 가르게 되고, 그렇게 되면 서로의 마음에 금이 갈 수 있다는 것이다. 개코는 상협이 한 살 연상이니, 형님으로 모시겠다며 받아달라고 했다.

남은 세월을 형님으로 모셔가며 의지하고 살아가겠다고 무릎을 꿇었다. 상협은 한참 동안 개코의 눈을 바라봤다. 상협은 굳은 얼굴로 근엄하게 입을 열었다. 서로 만난 사이가 3년이 넘었지만 이렇게까지 가까워질 줄은 몰랐다며 둘의 만남은 묘한 인연이라고 그때를 회상했다.

처음 만난 것이 공원이었다. 두 노인이 장기를 두다가 싸움이 됐다. 한 노인이 장기 알을 놓으려다 다시 집어들었다. 그 한 수가 승패를 가르는 순간이었다. 또 한 노인은 한번 놓으면 끝이지 놓았다 물리면 안 된다고 했고 장기 알을 들고 있는 노인은 완전히 놓지 않았다고 음성을 높였다. 그러다 옆에 있는 상협이를 보고 판단 좀 해달라고 했을 때 상협은 웃지도 않고 정색을 하면서 입을 다물었다. 그때 개코가 지나가다 노인들 음성에 걸음을 멈췄고 성질 급한 노인이 장기판을 엎어버리고 일어섰다. 노인들은 화를 내며 싸우면서도 다른 노인은 뒤를 따라가고 있었다.

상협은 개코를 보자 한판 하자며 장기판을 정리했으나 개코는 둘 줄을 모른다고 발뺌을 하며, 가는 길도 모른다고 하자 상협이 또한 나도 가는 길만 간신히 아니까 길만이라도 가르쳐주겠다고 억지로 앉혔다. 만약 그때 자신이 자리에 앉지 않았다면 상협이 주먹으로 내리칠 것처럼 험한 모습이었다고 개코가 웃으면서 끼어들었다. 말한 그대로 개코는 가는 길도 몰랐고 상협은 천천히 자상하게 하나하나 가르쳐주었다. 장기 길을 알려주며 상협은 상대방 얼굴을 힐끔 쳐다보고 코가 잘생기셨습니다 하자 상대방은 개코입니다 했다. 상협은 그런 뜻이 아니었는데 기분 나쁘게 생각하지 말라고 했다. 개코는 젊어서부터 별명이 개코라며 신경 쓰실 것 없다고 했다.

그러자 나는 신상협이오, 그렇게 해서 이름 정도가 오갔다. 개코는 가르쳐준 것을 집중하며 열심히 혼자 장기 알을 들고 가는 길을 연습했다. 상협은 왼 소매를 걷어올리고 차고 있던 시계를 보며 내일 이 시간에 이 자리에서 다시 보자고 했다. 장기판을 가져갔다 가져오라고 했다. 내일 다시 장기를 두면서 오늘 배운 것을 잊었나 확인해 보자며 만날 시간을 다시 한번 확인했다. 상협은 뒤도 안 보고 사라졌다. 이튿날 상협은 그 시간에 거기 있었고 개코가 장기판을 싸 들고 나타난 것이 그들의 결정적인 만남의 계기가 되었다.

장기 알을 제 위치에 놓고 두기 시작했다. 그런데 상협이 지고 말았다. 상협이 잘 두는데 하자 개코는 일부러 져주시는 거겠지요 했다. 다시 두었다. 또 졌다. 세 판을 거듭 지고는 상협은 화를 냈다. 어제는 가는 길도 몰랐는데 이렇게 잘 두는 것을 보면 어제 나를 속인 게 분명하다고 했다.

개코는 웃으며 어제 저녁에 막내가 집에 왔다고 했다. 장기판을 보고 어디서 난 거냐고 묻길래 사실을 이야기했더니 집에도 가지 않고 새벽까지 가르쳐주었다는 것이다. 그분이 잘 두는 것 같지 않으면 아버지가 이길 수 있다는 것이다. 막내 말이 맞았다고 했다. 상협은 그제야 그러냐며 그러면 이제부터 그쪽에게 내가 배우면 되겠다고 하면서 이름을 물었다.

"개코입니다."

개코란 말에 상협이 웃음이 터지자 둘은 크게 웃으며 우리는 장기 두면서 그 노인들처럼 싸우지 말자고 배꼽을 잡고 웃었다. 둘은 오다가다 길바닥 장기판에서 만난 사이라고 또 신나게 웃었다.

상협은 혁도를 중장비 학원으로 데리고 가 등록을 했다. 혁도는 열심히 공부해서 면허를 따겠다고 약속을 했다.

혁도는 처음 앉은 책상이 딱딱하고 가만히 앉아 있으면 팔다리, 어깨가 저리고 쑤셔온다고 했다. 배우는 시간이 남보다 더 걸려도 면허는 꼭 따겠다고 다짐했다. 혁도는 학원 분위기는 좋아했다. 떠드는 소리가 좋았고 모두 배움에 대한 열정이 있어 좋았다. 서로 존중하면서 혁도를 어려워했다. 나이가 제일 많았기 때문인 것 같았다. 나이 들어 공부한다는 것은 쉬운 일이 아니었다. 같이 등록한 수강생들은 이삼 개월 안에 이론시험에 합격했으나 혁도는 반년이 지나도 합격하지 못했다. 혁도는 자기 기수에서 이론에 합격하지 못해 그다음 기수로 밀려가면서도 꾸준히 노력했다. 그는 1년이 더 걸려 겨우 이론시험에 합격했다.

이제는 실기시험에 집중해야 했다. 12월 중순이 넘어서야 현장은 월동준비에 들어간다. 공사는 다음 해로 넘어간다. 겨울이 지나고 봄이 오면 다시 현장 일이 시작될 것이다. 상협과 혁도는 겨울이 되어 만날 기회가 있었다.

상협은 혁도와 오랜만에 술자리를 하게 되었다. 상협이가 술병을 들고 혁도의 잔에 따르려 하자 혁도가 놀란 듯이 두 손을 들어 술병을 빼앗았다. 동생이 먼저 형님한테 따라야 한다며 공손하게 술을 따랐다. 공부하면서 힘들고 어려웠던 순간들을 이야기했다. 형님과 동생 사이를 분명히 하자고 혁도가 말했다.

선생의 말을 듣고 돌아서면 잊어버리는 자신이 가장 안타까웠으며 머릿속에 암기가 되지 않는 부분들은 아쉽고 가슴 답답한 일이라고 말했다. 공부는 역시 젊어서 해야 한다고 했다. 또 어려웠던 것은 집에 와서 책을 볼라치면 공부하는 꼴을 못 봐주겠다는 혁도의 아내 잔소리도 공부하는 데 신경이 쓰이며 지장이 많았다고 실토했다. 상협은 혁도의 공부하는 모습을 손바닥 들여다보듯이 말했다.

"그랬을 거야. 동생! 외우거나 머릿속에 주입하는 것은 어렵고, 듣고 돌아서면 기억이 안 나고 생각이 떠오르지 않으니 문제 풀기가 쉽지 않았을 거야. 모르는 것이 많아도 옆 사람에게 자꾸만 물어볼 수도 없었을 거야. 나이가 있으니 좀 겸연쩍었겠나. 선생이 가르치는 게 이해는 된다 해도 실질적으로 습득한 것이 아니고 이론적으로 그렇다는 것이니, 어려움이 컸을 거야. 그래도 동생이 하겠다는 의지와 희망을 버리지 않고 꾸준한 인내력으로 목적을 달성했으니 대단한 거야. 진심으로 축하해! 잘했어! 혁도 동생. 앞으로 남아 있는 실기는 그렇게 어렵지는 않을 거야. 우리는 매일 운전을 하잖아. 기능을 발휘하는 거니까 별거 아니라구!"

상협의 따듯한 말에 혁도는 고마워했다. 상협은 며칠 전 현장에서 장비 몇 대가 실려나가는 것을 봤다고 했다. 혁도가 왜냐고 의아하게 물었다. 요즘 들어 장비를 실어 내가는 것은 수리할 부분이 있으면 겨울에 손을 보고 부속도 바꾸고 장비가 마모되면 고쳐야 할 부분을 몇 달씩 공업사에 놔두고 수리를 한다고 했다. 롤러도 라지에터 청소를 해야 한다. 상협의 말이 떨어지기도 전에 혁도는 롤러도 실어내야 되냐고 물었다. 상협은 굳어진 얼굴로 두 눈을 깜빡이며 무슨 소리냐고 쳐다봤다. 롤러를 한번 실었다 하면 실어낼 때 50만 원, 싣고 들어갈 때 50

만 원을 줘야 하는데 장난이 아니고 배보다 배꼽이 더 크다고 했다. 상협이 가능한 날짜에 롤러의 라지에터를 떼어다가 라지에터 수리 전문점에 맡겨 오바홀을 해서 롤러에 다시 조립하면 된다고 말했다. 혁도가 운반비가 100만 원이나 드냐고 물었다. 거리가 멀면 왕복에 100만 원은 택도 없는 소리라고 했다. 롤러의 운반비는 항시 왕복으로 계산하고 있어야 한다. 그렇다면 롤러 다섯 대만 취급하면 왕복으로 500은 받겠다고 하는 혁도의 말에 상협은 당연하다고 대답했다. 혁도는 차를 사서 롤러만 운반해도 돈을 벌겠다고 했다. 상협이 생각은 달랐다. 롤러를 운반하려면 11t 카고가 있어야 하고 아니면 셀프로다나 로브이 추레라가 있어야 하는데 그 장비 값이 만만치 않다. 대형면허도 있어야 하고 더욱 힘든 것은 기사가 운반차에 롤러를 올리고 내리고 할 수 있는 실력이 있어야 돈을 벌 수가 있다. 우린 돈이 없으니까 동생은 막둥이 아들한테 돈을 빌려 롤러를 구입했고 나는 그만도 못해 기사 생활을 하고 있으니 우리 나이에 욕심은 금물이라고 했다. 상협은 혁도의 막둥이 아들을 칭찬했다. 인간성이 돼 있고 위아래를 알아보고 겸손하며 부모한테 효도도 할 줄 알고 사리가 분명하며 무슨 일이고 하겠다는 맘만 먹으면 밀어붙이는 사업가 기질이 있다고 했다. 그런 막둥이를 잘만 키워주면 사업가가 될 수 있는 기질이 있다고 했다. 혁도는 처음 들어보는 소리라고 했다. 자식이지만 전혀 예상하지 못한 칭찬을 상협한테 듣고 있다. 혁도는 막둥이가 돈을 많이 벌어 부자가 되었으면 좋겠다고 했다. 노력해서 큰돈을 벌려면 장비 쪽으로 눈을 돌려야 한다. 몇백 톤짜리 크레인 위에서 일하는 기사는 월급도 많을 뿐 아니라 크레인 값도 연식과 톤수에 따라 가격 차이도 천차만별이라고 했다. 수십억 나가는 크레인도 있다. 숙달된 크레인 기사는 일자리도 널려 있다. 그뿐 아니라 또 다른 장비도 많다. 우리 현장에도 처음에는 들어가는 입구에 작은 산이 있었다. 어느 날 그 산이 없어졌다. 산 하나를 들어낸 장비는 삼각 트랙이고 크기는 집채만 한 캐타필러 일레분 도져인데 작은 산 하나를 우습게 없애고 이쪽저쪽에 작은 산을 만들기도 한다. 그 기사는 월급도 많이 받는다. 그런 도져는 1시간에 수십만 원씩 돈을 받고 있다. 어느 장비를 택하든 그 장비가 체질에 맞아 유능한 기사가 된다면 그 기사는 성공한 기사라고 할 수 있다. 돈이 없이도 몇십억 가는 장비를 손에 넣을 수도 있다. 10년, 20년 일할 자리만 있다면 비싼 장비도 할부로 살 수가 있다. 열심히 일하면서 할부를 넣다가 할부가 끝나면 장비는 기사의 것이 된다. 기사가 장비 주인이고 그게 바로 돈 없이도 막둥이를 성공시키고 키워주는 일이라고 했다.

자신들이 이루지 못한 지난날을 막둥이를 앞세워 상협과 혁도는 꿈을 성취하고 있었다. 밤 가는 줄 모르고 상협과 혁도는 형제가 되어 소주잔을 주고받았다.